马国兴　王彦艳　主编

风铃鸟系列美文读物

用咳嗽来思念

文心出版社
·郑州·

图书在版编目(CIP)数据

用咳嗽来思念 / 马国兴，王彦艳主编．— 郑州 ：文心出版社，2016. 5
ISBN 978 - 7 - 5510 - 0867 - 9

Ⅰ.①用… Ⅱ.①马… ②王… Ⅲ.①小小说 - 小说集 - 中国 - 当代 Ⅳ.①I247. 8

中国版本图书馆 CIP 数据核字(2016)第 055177 号

出版社:文心出版社
(地址:郑州市经五路 66 号　　邮政编码:450002)
发行单位:全国新华书店
承印单位:北京龙跃印务有限公司
开本:700 毫米 ×960 毫米　1 / 16
印张:12
字数:150 千字　**印数:**1 - 5 000 册
版次:2016 年 5 月第 1 版　**印次:**2016 年 5 月第 1 次印刷

书号:ISBN 978 - 7 - 5510 - 0867 - 9　**定价:**22. 60 元

目录
Contents

眼泪之谜

○巩高峰

印象中，爷爷总有讲不完的故事。饥饿的、灾难的、恐怖的、鬼怪的，爷爷总是笑吟吟的，一拈胡须就来。什么时候爷爷讲累了，都睡着了，我还不依，就去揪他的胡子，希望能揪出故事来。

父亲则很严厉，对我的错误总是拿到放大镜下，对我的成绩总是拿到望远镜前。所以我从小就是爷爷的尾巴，对父亲则总有一些敬畏。后来慢慢大了，爷爷的故事再满足不了我，我开始翻看一些号称名著的书。有空了，我反倒要给爷爷讲故事。因为人老了，最怕孤独寂寞。爷爷在村里干了几十年村长。我们村小，三四百号人，村长也就相当于别的村一个生产队队长。但爷爷一样高度负责，不，是近乎完美地负责。爷爷的口头禅是绝不让一个人饿着，爷爷的座右铭是绝不让一户把全村的腿拖瘸了。于是事无巨细，爷爷一概要管要问，谁家有点困难，爷爷要帮，哪个人有点毛病，爷爷要让他改。村里无人不说爷爷是个大好人、严村官。我想这也是爷爷能当几十年村长的原因吧。要不怎么逢年过节，家门口老有人送东西呢，不是肥肥的猪后腿就是稀罕的香米。

后来父亲起来了，接了爷爷的班，不过换了个称呼：村主任。父亲那一套比爷爷新多了，锄麦苗栽果树，深挖塘养甲鱼。村里一年通上了电两年通上了公路三年接进了自来水，我们村被称为全县第一小康村。

按理说有这么好的接班人，爷爷该心安神定地养老，好延年益寿了。不然，爷爷的屁股一离开那个村官位子，身体就逐年走下坡路。去世之前，爷爷一直神智清醒。全村老少都排队探望过他了，爷爷却还是一直泪流不止。问他哪儿疼吗？爷爷说不疼。问他哪儿堵吗？爷爷说不堵。问他哪儿不舒坦吗？爷爷说哪儿都舒坦。问他那为什么还一直哭个不停啊？爷爷的泪流得更凶了。

时光似水流年。从对爷爷去世的悲痛到从省城毕业踌躇满志地回来，我觉得就是恍若弹指一挥间。父亲也成了远近闻名的村官了，新思想新观念新方法，父亲却一直没丢下爷爷的那种高度负责的态度。村里没一户拖后腿的，全村在各种活动中都奋勇争先，产值始终是镇里的中坚。后来父亲升了，到镇里当官，村主任的位子就又空了。全村搞了好几次选举，就是没一个能令全村人都信服的。就有人提议让我接任这个位子，理由是龙生龙凤生凤，虎父无犬子，再说我还有大学生这个硬牌子。父亲没表态，父亲从来也不向我表态什么。

接了村主任的职，我仍是不甘。那么多年的高等教育之后，我要做最基层的村官。埋没人才我不敢说，大材小用是肯定的了。

恰逢过年，又有不少人悄悄往我家门口送东西，五花八门，怕重样似的，从蔬菜水果到烟酒糖茶，从鸡鸭鱼肉到保健品。我知道这些都是冲着父亲来的，便边帮着拾掇边感叹，连村官都有人送礼，这是什么风气啊。

父亲皱了皱眉头，在年饭桌上用酒跟我摽到了最后。见全家串门的串门拜年的拜年去了，父亲捏着酒盅说，你不是一直想知道你爷爷去世前为什么老是哭吗？我讲个故事给你听吧。

我愣了，父亲主动跟我聊天讲故事，这可是破天荒。我诧了一会儿，僵硬着点点头，有点不习惯。

五八年你爷爷就是村长了，那会儿叫生产队队长。全队每人一天六两口粮。这口粮既不是小麦面也不是玉米面，是红薯秧子晒干磨的白干面。白干面吃了就堵，越吃越堵，村里先饿死的几个人就是吃多了白干面堵死的。那年你奶奶得了痨病，死前就是想喝一碗小麦面稀饭。可你爷爷钢样的人，监守自盗的事他宁愿把自己折成两截也不愿意干，再说那会儿村里那几袋小麦是入秋种地要用的小麦种子，不是口粮。可你奶奶喝不着小麦面稀饭就是不闭眼。后来被逼得没办法了，你爷爷趁着队里晾晒小麦种子，把家里的大衣拿到队里的打麦场上晒。回来的时候，大衣口袋里装了一把麦粒。可进家刚引火烧锅，就有人追来了，不仅小麦一粒不剩地没收，还把你爷爷打了一顿。那年我六岁，见你爷爷被打得动弹不了，你奶奶还是撑着不闭眼，我就穿着你爷爷的布鞋装着去打麦场上玩耍，回来时在鞋壳里装了一把小麦。这才让你奶奶闭上了眼。

我有点窒息，听到奶奶闭上眼时才长出了一口气。

你以为我那是聪明吗？我穿着小船一样的鞋在前面走，生产队最后两只皮包骨头下不出蛋的母鸡就在后面跟着拾麦粒吃，村里谁看不见啊？

我噙着酒，没话，忽然就觉得肩上重了许多。我突然期待起来，在明年过年时会有人给我送东西吗？如果送，他们会给我送什么呢？

用铭记来忘却

○巩高峰

父亲是在小五车祸之后老的。

在那之前，父亲的年龄外人从来猜不准确。当母亲在一旁忍不住一脸自豪高声大笑着公布答案时，连我们自己都有些怀疑——我们兄妹五人长年在外，工作的工作，学习的学习，家里所有的农活都是父亲在做，包括赶牛耕田、春种秋收，从来没请过帮手——这样的父亲竟然已经六十三岁了？

没错，四五年的，属鸡。母亲自豪地确认了一下，眼角的皱纹里都是笑意。

父亲唯一和六十三岁相符的，是他的一头白发。那是小五出事之后白的。倒没有一夜白头，但是他的背一夜就驼了。这样，他的话变得更少。驼下来的背似乎是个阻挡，把本来就很少漏出去的话，几乎全挡在了肚子里。小五出事之前，父亲忙得没话说，五个孩子的吃饭、穿衣、上学和生计，排着队来报名，一个一个往父亲的背上压。不过父亲眉头都不皱，越挫越勇，用六十岁的身体四十岁的外表精神抖擞身坚背直地迎难而上。当小五也进了大学、三妹都能把每个月的工资如数交给母亲时，父亲甚至呵呵笑了几声。

小五是在暑假打工时出的车祸。全家几年内第一次聚齐了，坐在已经不平整又狭小的饭桌四周。父亲和母亲都不说话，大姐和三妹终于没忍住，抱头痛哭。之后的几个月里，父亲都没说话。母亲除了问我们想吃什么之外，和父亲一样。

父亲的那些鸡舍空了。他在第一时间放弃了自己经营六年的小养鸡厂。之前，他和母亲不止一次笑着说，我们五兄妹的学费都是从那些鸡屁股里抠出来的。现在，父亲的驼背告诉我们，最后一个还在上学的小五都没了，还抠什么呢？抠给谁用呢？

我们只有眼泪，却商量好坚决不能在父亲和母亲面前流。很快就难得见到父亲的身影。他开始像一个真正的六十三岁的老人，沉默、迟钝、晚睡早起。整日除了他睡觉的那间屋子，就是在空无一物的鸡舍里转悠。鸡舍里占主角的已经不是母鸡们下蛋后夸张的报喜声了，而是一片又一片嚣张的蜘蛛网。父亲能对蜘蛛网说话吗？

回家陪父亲和母亲最多的，是大姐。她的单位就在县城，刚开始的那段时间她甚至每天下班都骑着摩托车赶六十里地回家。前两天，大姐让我们务必都请假回趟家。她没细说，但语气里似乎是父亲和母亲出事了。

似乎真是出事了。当我们先后赶车回去时，父亲和母亲竟然双双在村口迎接我们。母亲还一脸微笑着接我们手里的包。父亲仍然不说话，但是气色明显好多了。晚上，他们甚至还张罗了一桌的好菜，像极了几年前全家团聚过年的情景。

第二天，我们才纷纷知道了父亲和母亲究竟出了什么事。

他们恢复了生活的能力。父亲还下地干活，母亲仍在家操持。不过，父亲给他那两只拉犁耕地最顺手的一驴一马取了名字，名字一样，小五。不仅如此，他的犁也叫小五，他的鞭子也叫小五。有相同名字的，还有他的自行车、老花镜、圆珠笔、剃须刀，以及母亲负责管理的十几只鸡、三只羊，甚至母亲整天洗洗涮涮的锅碗瓢盆、天天要用的缝纫机、针头线脑和剪刀。总之,一切他们用到的东西,都叫小五。在大家面前,父亲和母亲与往日并没有什么不同,父亲操劳,母亲勤快唠叨。可是在没人的地方,他们每用一样东西之前,都要轻声细语地打个招呼,小五,要下田了,注意点儿石头子儿,不过别偷懒……小五,裁布样最该注意的是别歪斜……

大姐说她听到过,还不止一次。问起原因,大姐说村里有个人被她请来劝过父母,那个人也曾失去过最喜欢的儿子。大姐说她想让那人能劝劝父母,忘记小五。没想到他们说了半天话,父亲就记住了一条,要想忘记,就得整天看到摸到用到,又熟又热亲近到不用惦记,就能忘了。父亲说服了母亲,俩人想了这么个办法。

和大姐一样,我们的眼泪唰地就出来了。我们觉得应该顺着父亲的思路做一件事,让他愿望达成。我们决定给小五立块碑。这是破例,小五没结婚,更没孩子,立碑是要被村里的长辈骂的。但是我们除了如此,没有更好的办法协助父亲和母亲。

我们仍旧坐在饭桌的四周,跟父母商量这件事。三妹还把拟好的碑文在纸上画了个简单的示意图。碑的正文是“吾儿徐海童之墓。父:徐立,母:许翠梅,携四儿女立”。

父亲戴上老花镜举着那张纸看。母亲不识字,也凑过去看。他们看了半天,母亲看着父亲,父亲则疑惑地望向我们,问,徐海童是谁?

我们没法回答,眼泪却怎么也控制不住,当着父亲和母亲的面流下来了。

他们连小五的大名都忘记了。他们终于不用再时刻惦记。

用咳嗽来思念

〇巩高峰

父亲和母亲是一对战斗家。

这是母亲自己说的。想来也是，他们结婚四十多年了，在我们有记忆的日子里，家里从来没个消停的时候。俩人从来都不像是一对夫妻，而是一对生活的仇人。在老天不赏脸一口饭都不给吃时他们与贫苦斗，在物资匮乏生活困难时他们与拮据斗。在战胜了苦难和岁月联为一体的对手之后，我们大了。而母亲和父亲的对手变了。母亲实在找不到目标，就把对手转到了父亲身上，大吵三六九，小闹天天有。而父亲呢，父亲和烟斗。

父亲把烟一根一根一包一包分解燃烧，一一吸进他的肺里，吐出烟雾的时候，他欣慰地微笑，似乎自己一直是个胜利者。终于有一天，他的嗓子先举起白旗，变得特别脆弱，特别容易咳嗽。天气变化、辛辣油腻甜、情绪骤然转变，这些都成了对手。也就是说，父亲遇到了反攻。乱箭一来，父亲就要抖起身子，把肺翻出来咳嗽，让自己紧缩成一小团。这时的父亲看起来像极了一卷皱了的纸，微小脆弱，和我们小时候眼里高大伟岸的父亲截然相反。这让我们心惊胆战，想帮个忙都不知道从哪儿下手。

而母亲此时则谨小慎微。父亲的每声咳嗽都像是她也在用力，父亲咳嗽过后，她比父亲显得还累。家里只有这时才是和谐的，他们矛头一致，和咳嗽斗成一团。父亲蜷起自己，巴不得血液都停止流动，把所有的力气用来咳嗽，似乎咳嗽就是他的盾，能挡住所有对手的袭击。但他这只能算是防守了，疲于防守。而母亲则抚后背、递纸巾、端茶倒水送药。可一旦父亲的咳嗽见好，家里短暂的温馨转瞬即逝。似乎那一会儿的慌乱和担忧倒成了祥云，只能笼罩一会儿，总是要飘走的。阳光过去，阴霾照旧。

父亲的离去，还是因为他的咳嗽。其实他每次咳嗽，我们都会异常地揪心，害怕他会因为哪一声咳嗽太剧烈而停止了呼吸。担忧时间长了，才慢慢习惯。但是，真的习惯了，他却因为一次很平常的咳嗽，忽然就离开了我们，没有预兆，甚至都没给我们告别的时间和机会。去世后，父亲倒慢慢舒展了，身子不再佝偻，脑袋也不再紧缩到胸前，他一下显得高大安详了许多。他的神态显示，他的离去让他终于战胜了咳嗽，成为最后的胜利者。

而母亲和我们，却要一下子面对从此寂静下来的房子。家里没有了喋喋不休的争吵，没有了扯人心脏的咳嗽，我们手足无措，而母亲则空落起来。她像一个拳击运动员突然失去了对手，落寞地一个人面对着空荡荡的舞台。她没法再战胜父亲，更不可能战胜父亲的咳嗽，她没有目标可以征战。她慌了，慌得很。

我们尽量抽时间回家陪母亲。我们力所能及地制造着快乐与和睦的温馨，而母亲却像个旁观者，双眼空洞，似乎她早就看穿了我们的做作，以及营造出来的假大虚空。显然，我们不是母亲的武器，更成为不了她的对手。我们颓然地离开，像落荒而逃一般聚在一起商量对策。没有对策，我们坐在一起忽然发现，我们是如此不了解母亲。再去看母亲时，我们倒安静了许多，就静静地看着母亲，看岁月和孤独在她脸上又增添了多少痕迹。母亲反倒精神了一些，似乎我们的安静是她胜利的结果，我们诚实而本色了。

微笑之后，母亲轻轻咳嗽了起来。我们悚然一惊，母亲也咳嗽了？再听，不是，母亲的咳嗽不是肺里的抽搐，她在学习和模仿着一种声音。没过几天，我们惊讶地发现，母亲已经把咳嗽像一门技巧一样掌握了。她咳嗽时不蜷成一团，而是在躺椅里舒展着身子，只控制着声音。如果在门外听，我们一定会以为父亲还在，只是又犯病了。

从此，母亲把咳嗽当成了一味缓解孤独的药。咳嗽起来，虔诚认真，似乎在继承父亲的一门绝学，不惟妙惟肖、不青出于蓝，就愧对师门。

开始我们惊愕、酸楚，束手无策。我们不知道用什么样的力量能帮得上母亲，只能安静地不出声，看着母亲一边咳嗽一边在脸上绽放出欣慰和惊喜。我们不知道怎样才叫孝顺，我们祈祷母亲能长寿更长寿，把父亲没活够的岁月也一同继承下来。但母亲显然没有这个目标，她的身体很快就虚弱起来，因为咳嗽几乎是她唯一的锻炼方式。

当母亲也离去时，我们不再那么伤心，因为无法接受的心理比父亲离开我们时弱得多了，几乎没有。我们宁愿相信，母亲是主动在拉近自己与父亲的距离。她在她生命中的最后一次战斗中，掌握着全局形势，并且牢牢控制着战斗的结果。是的，她胜利了。我们没有理由悲痛。

每年清明节去看父亲和母亲时，他们都坦然而欣慰地对着我们笑。他们携手在另一个世界战斗，却让我们成为无法观战的观众。鲜花、眼泪和笑容是我们所有的援助。

只不过，和墓地里大多数扫墓人不同的是，每到最后，我们兄妹三人都会像模像样地咳嗽起来，每个人都力图能和母亲的咳嗽一样。是的，我们一起患上了一种叫思念的病，咳嗽是唯一能缓解的方式。

387 秒

○谷　凡

自从我诞生,就非常喜欢这个世界,这个世界真好呀!有山川河流,有绿树红花,还有可爱的人们。风和日丽的时候我能感觉到太阳的光芒,它的光芒真是强大。现在,太阳躲起来了,外面的天空阴云密布,要下雨吗?下吧,该有一场大雨了,虽然我不需要它们,但那些花呀草呀需要,人也需要。

说了半天,还没有告诉你我是谁呢!我是一个摄像头,街上那些人和物,都在我的注视下生活。我很喜欢自己的工作,每天看着人们在我的监控下忙碌,非常开心。现在时间是下午17时22分,我看到一个小姑娘自西向东,边走边看,好像对什么都好奇,她的样子真是可爱呀!小姑娘很快就吸引了我的注意,说实话,这么小的孩子一个人上街我可是很少看到,肯定是趁家里的大人没有注意,她偷偷跑出来的。她实在是太小了,两岁左右。

我看到小姑娘一个人走在路的中间,左顾右盼,她在找妈妈吗?我对着她喊,嗨!小姑娘,别走路的中央,靠边走,孩子,不然会很危险的!我的喊声她好像没有听到,继续在路的中央走着。我看到距离小姑娘不远处,有大人在那里忙碌,我同样对着他喊,嗨!那里有一个孩子,快把她拉走,她独自一人走在路中央很危险的。那人没有理我,难道他没有听到我的喊声？我沮丧地摇了一下头。就算他没有听到我的声音，也应该看到小姑娘呀。

17时25分14秒，一辆面包车缓缓驶来。停车！我又喊，难道你没有看到路中央的小姑娘吗？快停……我的话还没有说完，那辆面包车已经撞倒了小姑娘，车的前轮轧过小姑娘的身体。面包车稍停了一下，很快又开走了。嗨……嗨！你知道撞到了她，怎么还走？我大声说着，此刻，车的后轮又从小姑娘的身上轧过，小姑娘倒地大声哭喊，她的确是太小了，小到无力挣扎。

太气人了，王八蛋，这是我第一次骂人，你知道的，我的功能不允许我骂人，但是，我还是骂出来了。还好，总算来人了。我说，快看，小姑娘被撞倒了。那人对我的声音并不注意，连看都没有看小姑娘一眼就走开了。另一个人过来，倒是看了一眼，同样走了。又有一个骑摩托车的人过来，也走了。

17时25分54秒，一辆货车过来，又从小姑娘的身上轧过。紧接着，有三名骑三轮车的男人和骑摩托车的男人从小姑娘的身边经过，他们都没有停下来看看她。嗨……嗨！你们都怎么了，没有看到她吗？此时的小姑娘流了好多血，她一定很疼！怎么能不疼呢？连我都感觉到疼了。

17时29分24秒，有个穿黑色衣服的男人骑着摩托车过来，我平时最讨厌穿黑色衣服的家伙。也就是他，居然把车停下了。我又开始对他说，快……快！不然就来不及了，救她呀！她那么弱小，那么可爱，去救呀！还犹豫什么？他依然没有听到我的喊声，发动车又走了。穿黑衣服的男人拐到一边，对一个店老板说了什么，店老板朝小姑娘倒地的方向望了一眼，什么都没有做。

17时29分42秒，有一位妈妈，手牵着自己的孩子从小姑娘身边经过，她看了看倒在血泊中的小姑娘，然后拉着自己的孩子到旁边的店里问小姑娘是谁家的孩子。我说,别再浪费时间了,你们快去救救小姑娘吧!谁家的孩子受伤都要救的!女人同样没有听到我的声音。你是一位母亲,你手里牵着的孩子会记住这一切的,我大声对着女人背影说。接下来的10秒钟,又有两个男人骑车经过,其中一个双脚点地,望着小姑娘倒在血泊中的样子,然后又离开了。

谁能告诉我,这些人都怎么了?她只是一个两岁的孩子呀!接下来,17时30分05秒,有一个搬运货物的男人走到小姑娘身边。我嗓子已经喊哑了,但我还是用力喊着,快,快救她呀!男人走了,我敢肯定他听到了我的声音,我伤心极了,真想上去揪住那个男人问个明白。17时30分34秒,有一个男人骑着摩托车从小姑娘身边走过,这家伙还戴着头盔。30分48秒,街道对面的店老板走出来,朝小姑娘的方向望了望,扭头又回店里了。店老板站立的地方,距离小女孩不到一米。

我十分沮丧,百思不得其解,是什么让他们对一个孩子的生命如此冷漠?17时31分26秒,我希望给自己最后一次机会,因为又有一个男人骑着电动车经过小姑娘的身边,他的车骑得真快呀,我用尽了全身的力气喊,停下,停下!我的声音已经沙哑,请你一定相信我,我是用我最大最大的力气喊叫的。你知道结果,这个人同样没有听到我的声音。

17时31分41秒,我看到一个掂着蛇皮口袋的拾荒阿婆朝这边走来。我不想再喊了,喊也没有用,他们不会听到我的声音。这时,我看到阿婆丢掉手中的蛇皮口袋,快步走到小姑娘身边,把她搂在自己的怀里。看到这一幕我鼻子一酸,眼泪流下来了,不是这样的,事实上我看到第三个人从小姑娘的身边走过时,已经哭了,只不过这次的哭和上次的哭不同罢了。小姑娘已经奄奄一息,因为387秒已经过去了。阿婆大声喊着什么,有人从她们身边经过,也有人在不远处打着电话。

小姑娘终于被送到了医院，可我的心情却非常沉重。人们是怎么了？怎么可以忘记阳光，忘记山川河流，忘记人与人之间的互敬互爱。让我看到这样的事情，就等于让全世界看到了这样的事情，最重要的，有人会把这一代人都否定掉的。如果有一天你做了爷爷，或者老爷爷，你能告诉孩子，曾经的那个时候大家见过一个倒在血泊中的小姑娘看都不看救都不救吗？让孩子对着你说，爷爷，你生活的那个时代真残酷呀！

经过这次事件以后我闷闷不乐，如你所料，没过几天，我听到了小姑娘死亡的消息。我依然站在那里，第一次厌烦了自己的工作，也许我应该好好地思考一下，毕竟小姑娘就倒在我的目光下呀！怎么样才能避免这样的事情再次发生呢？我想了又想，决定不做摄像头了，我要做一个人，对，只有做一个人，才能不用呼喊，直接去施救。我不仅自己要做一个人，还要呼吁我的同类也要做一个人，不要再做摄像头了……

母　亲

○谷　凡

今年的冬天格外寒冷,一场接一场的大雪几乎没有间断过,被车压结实的雪坚硬而光滑,让路更加难走。苏一摔了几跤后,还是按规定时间赶到了审讯室。苏一看到审讯室里坐着的男孩,显得格外疲惫,他用冰冷的手提着同样冰冷的脚镣,不知是寒冷还是其他原因,男孩不停地颤抖。苏一知道,这是最后一次机会,如果今天还找不到这个案子的突破口,她实在想不出还有什么办法能留住男孩的生命。

此时此刻,整个世界都安静了,只有男孩拖着重重的脚镣哗啦哗啦来回走动的声音,这声音给凝结的空气增加了几分悲伤。男孩的长相非常标致,高高的个子,棱角分明的脸形,一个男孩,居然能好看到如此地步,这让苏一多少感觉有点惋惜。说实话,这是苏一第一次见到这么帅气的男孩,他的眉眼之间透出的表情空洞而绝望,虽然看不出他对死亡有多恐惧,但他通身的焦躁和不安,让人一目了然。

单看男孩的长相,无论如何也想不到,在不到一个月的时间里,他竟然伙同他人做下了十多起重大案件。故意杀人一起,盗窃三起,拦路抢劫四起,拦路轮奸女青年三人。若不是结结实实的材料摆在那里,苏一根本无法相信这些事实就发生在他的身上。

罪大恶极这个词原本应该距离他很远的,可这个长相如此出众的男孩，居然无所顾忌地选择了它。一个年轻的生命，就这样留下一道灰色的光亮，准备消失在天边了，可以想象，这样的事情，是怎样啮噬着做母亲的心。苏一用一种非常复杂的眼神看着男孩，仿佛有一种东西在心里咆哮，她想对着男孩大喊，在做那些混蛋事情的时候，有没有想到过母亲！那个含辛茹苦把你养大的女人，你知道她现在什么样子吗？

最初的时候，苏一并不想接这个案子，像这样严重的罪行，死刑是逃脱不了的。但是作为一个母亲，她又无法漠视另一位母亲的眼神，那是一种什么样的眼神她无法形容，只感觉那眼神灼伤了她，使她心痛。

第一次，男孩的母亲来找苏一的时候，什么话都没有说出来，巨大的悲恸让她失去了用语言来表述自己的能力，她足足哭了一个多小时。那双常年劳作的手，已经没有力气举起擦掉脸上的眼泪，她就那么一直哭，直到眼泪枯竭。男孩的母亲憔悴的面容和红肿的双眼，让苏一有点同情，她做这么多年的律师，经手的案件不计其数，从没有人给她这样的感觉。苏一当时在心里暗暗想，不管整个案件遇到多大的困难，一定尽其所能。

男孩的母亲一直接受不了的事实，就是不到一个月时间，她的孩子，怎么变成了一个罪大恶极的杀人犯。也许男孩到现在都不知道，他所伤害的不仅仅是被害者，还有他的母亲。男孩做出了这样的事情，他的父母，比任何人都悲痛，比任何人都心酸。

为了找到一位有名的律师，男孩的母亲整整在外面站了一夜。苏一可以想象，为了孩子她什么苦累都在所不辞，已经不是赴汤蹈火，而是要血给血，要肉给肉的程度。

听男孩的母亲讲，她的丈夫常年在外打工，一年也不回一次家，家里的农活都是她一个人做。她说自己不懂怎么教育孩子，只知道让孩子吃饱穿暖，孩子在外面结交什么样的人她也不知道。她还说孩子再有47天才过19岁生日，在没有犯罪之前，孩子是很听话的。

若是苏一不同意接这个案子，真不敢想象在这位母亲身上会发生什么样的事情。现在，所有的人都认为男孩是死罪，包括她这个律师，不相信男孩是死罪的只有男孩的母亲。

男孩的案子已经移送到了当地检察机关，等初步审查后，再报送上一级检察机关提起公诉。为了找到这个案子的突破口，苏一一遍一遍让男孩讲述犯罪过程，一点一点记录，一字一句分析，生怕遗漏了对男孩有利的东西。

终于，苏一找到了对男孩有利的一个情节，在她的反复追问中，经过一字一字地核实确认后，苏一轻轻地呼出了一口气。这个发现让苏一兴奋，如果这个情节被认定，男孩可能会从轻判处。

原来，男孩杀人逃匿外地，几天后被当地警方抓获，在被押当天，男孩向公安机关提供了另一案犯可能藏匿的地点和场所，并设法和他取得了联系，最后又协同公安部门将其抓获。这件事情就这样被办案人员给轻易忽视过去了，其他人也没有意识到此事的意义。苏一一方面感叹侦查部门的疏忽，一方面又为自己终于找到突破口而欣慰，整个情节对于男孩来说，就是挽救生命最后的一根稻草。

根据刑法规定，犯罪分子到案后有检举、揭发他人犯罪行为，协助司法机关抓捕其他犯罪嫌疑人（包括同案犯），经查证属实，应当认定为立功表现。苏一用最快的速度，制作了调取证据的申请材料递交到侦查机关，一个月后，结果出来了，判决结果在预料之中，在起诉书上排名第一位的男孩，被认定有重大立功表现，被从轻判处死缓。

苏一的眼前又浮现出男孩母亲的样子，现在，她和男孩的父亲在这个城市捡垃圾来维持生活，她说只有这样，她才能距离孩子近一些。

表　妹

〇谷　凡

我和表妹由于年龄相差，基本不怎么谈心，最近和表妹谈心，也是因姑父突然去世。表妹刚刚经历高考落榜的痛苦，接着就是爸爸的逝世，这对还没有走向社会、刚刚19岁的她来说，算是生活中的大劫难。那天表妹说姑父的一些事情，忍不住就大声痛哭，她说她实在太爱爸爸了，每次他喝酒都为他担心，但等他喝醉后，除了看着他害怕，什么事情也做不了。表妹说她上初中时，就试图给姑父写信，但没有敢让他看，她说她爱爸爸，但不知道该如何表达。

在我的印象中，姑父是挺帅的，标准的脸，方方正正，个头又高，肩膀宽宽的，是那种事有小功不窃喜、情有大失不自伤的人。表妹说一次她姐姐在街上碰到姑父，就喊他爸爸，和他说话，回家后姑父说以后在街上再见到他，不要叫他。还有一次，表妹说她转学，姑父用单位的车去接表妹，他打开车门，远远地站车门前，一动不动。说到这里，我猛然明白了姑父的用心。

姑父，由于年轻时不慎，一条腿有点失常，但并不影响行走。表妹说就是因为她爸爸的腿，让他自闭又脆弱，还常常喝酒。表妹说姑父年轻时还写过诗，写过小说，他投过稿，因为没有得到回音，他就再不写了。

姑父在银行里工作，上世纪 80 年代末 90 年代初，贷款还是个很难办的事情，记得小时候到小姑家里去玩，总见找姑父的人很多。因年轻，工作干劲也大，在我看来，什么事情找到姑父头上，他都能摆平。转眼，姑父老了，虽说才四十多岁，但他整个心态全老了。姑父的老，多少还是和他的工作有关系，那时他的单位没有电脑，算账还用人脑，再说那时他年轻气盛，觉得自己还是一个有用的人，随着社会的发展，新上来的年轻人比他的技能全面，懂计算机，还会开车，他渐渐地就感觉自己的存在不再重要了。

姑父开始酗酒，不想去上班，因为对上头的一些事情看不惯，老说要提前退休。姑父对自己失去了信心，加上表妹都长大了，越发感觉压力重。表妹说，他爸见到她们就发愁，担心他们就是上了大学，工作也找不到。

表妹说姑父一次喝醉了走不稳，表妹想去扶他，姑父大声呵斥表妹，说他能走，别想着他不行了。表妹说她看到姑父的样子，非常难过，她愿意做她爸爸的腿，只要爸爸不喝醉，只要爸爸能健康，因为这个家，还有他们几个，太需要爸爸来支撑了。

姑父去世的时候，刚好表妹不在家，当有人通知她时，她的心里已经感觉到家里出了大事，但她还是没有想到姑父会这么快离世。

笔　殇

○喊　雷

1935年秋末，二夯扛着红缨枪随红军走了。在一次战斗中，二夯负了伤，不能上前线，被分配到军械所修理枪炮。一日复一日，一支又一支缺栓少托的三八式、汉阳造……经他修理后，向敌人射出了一颗又一颗复仇的子弹。此外，二夯还有一个业余爱好：修理钢笔。掉了笔帽的，他用子弹壳配上；折了笔尖的，他锉了磨，磨了锉……再破的钢笔，他都能整旧如新。在他所在的团队，几乎没有人不知道枪杆子、笔杆子都修得好的二夯的大名。

全国解放后不久，二夯退伍回乡，住在干休所里安度晚年。

二夯不善应酬、拙于言辞，一次次婉言谢绝了附近学校聘请他当校外辅导员之类的社会兼职。在别的老红军去学校做报告、讲传统的掌声中，二夯悄悄到一所中学的大门口设了一个小摊，挂出了“义务修理钢笔”的牌子。

这个小摊，送走了二夯三十多个忙忙碌碌的春夏秋冬。

看着一茬又一茬家乡子弟别着他精心修理好的钢笔走向高等学府，走向祖国的四面八方，他感到很欣慰，很充实。

然而，后来，不知什么缘故，二夯的修笔摊摆不下去了。尽管这所学校越来越大，教学楼越修越高，学生越来越多，然而前来光顾他的修笔摊的学生却越来越少了。

有一天,一个学生对他说:“老爷爷,把你的小摊收起来吧。今年寒假期间,我去南方走亲戚,经过了好几座大小城市,压根儿就见不到一个修笔的摊位。”

二夯疑惑不解地问:“为什么?难道如今的读书人不再写字了?难道他们的笔从来都不坏?”

“不是。不修笔的原因十分简单:笔坏了就换新的呗。不就是花几元钱吗?”

总之,不管二夯理解不理解、愿意不愿意,他的修笔摊最终还是撤了。

据校门口传达室的老头说,撤摊的那天,二夯听着上课的铃声,望着与他相伴了数十年的校园,禁不住伤心地哭了……

回到家中的二夯成天无所事事。黄昏时分他常常独自走出干休所,去附近转悠。

一天,他路过一个垃圾场,无意中发现几乎每一堆垃圾里都有被丢弃的各种笔。他像妈妈疼爱自己的孩子似的,立即将其拾起,带回家去。

自此,他常常到附近的几个垃圾场去。

不久,他家中的写字台就成了修笔摊。

经他修好的一支支钢笔、自动铅笔、圆珠笔……都被他投进一个装电视机的纸箱中。他在这些笔上都刻着八个字:艰苦奋斗,强我中华。

三五个年头过去。当这只纸箱即将被他修好的笔装满的时候,风烛残年的二夯病了。他预感到他已不久于人世了,去医院前夕,就捎信叫他那在县文教局当局长的侄孙儿许佳来见。他把那一大箱修好的笔交给许佳说:“不久前,我到山区去了一趟,见那里的孩子上学还十分困难。有的用竹管装上圆珠笔芯写字,有的把铅笔头绑在筷子头上写字。这一箱笔,他们用得上。你拿回去叫局里尽快分发下去。”

许佳说:“爷爷,您放心。我保证在半月内就把这些笔分发到山区的孩子手中。”

在十多个“半月”之后的一天,二夯病危。他说他急于想知道那一箱笔的下落,要家人专程去把许佳叫来。家人驱车四处寻找,好不容易才在丽都舞厅找到许佳。许佳说他今天没空,要明天才能去看望二夯爷。

次日下午,许佳来到二夯爷床前,二夯爷已处于弥留之际。二夯爷握着许佳的手,问道:“笔……分发……下去了?”

许佳回答说:“爷爷请放心,那些笔早就分发下去了。”

二夯爷问:“没有人……不要?”

许佳说:“没有,没有。分到笔的孩子们可高兴了。这里有一封一所山村小学的全体同学写给您老人家的感谢信,爷爷您看看吧。”

二夯爷接过信来,看着那一行行稚拙的字迹和字里行间对红军爷爷深深的感激之情,欣慰地笑了——可惜这笑容只不过是二夯爷告别人世前的回光返照而已。紧紧捏着这封信的二夯爷,终于带着这欣慰的笑容与世长辞了。

这天晚上,许佳回到家中,对上小学的女儿说:“丽丽,你真行。今天下午红军爷爷看了你写的那封信,感动极了。”

许佳的妻子说:“你这不是在夸赞丽丽,而是在夸赞你自己——要不是你说一句让丽丽照着写一句,那封信能写得那么好吗?”

许佳笑了笑,接着一转话题说道:“我搞不明白,那次我把那个装烂笔的纸箱分明放到了楼梯转角处,后来咋会不见了?”

他妻子说:“你说的是一个包装电视机的破纸箱?我想起来了:上个月垃圾车开到楼下,我以为这纸箱里装的是垃圾,就搬上车运走了。”

许佳耸了耸肩说:“运走了就运走了吧。反正二夯爷已经含笑九泉不再追问了。”

书 殇

○喊 雷

前年,S博士研制出了堪称当今世界第一的超人工智能系统。该智能系统能在瞬息之间阅读完世界上任何一家图书馆的所有藏书,并自行翻译、运算、归纳、存贮……

如果把全世界有关股市行情的资料输入,它就能立即将任何一家股市的任何一种股票在未来数年的涨跌走势逐月逐日显示出来;

如果把当今任何一个国家的政治、经济、军事的有关资料输入,它就能立即为该国制订出克敌制胜的详尽的战略战术;

如果把任何一个人的体检资料输入,它就能立即为他列出祛病健身、确保其长命百岁的治病、防病处方和一日三餐的保健食谱;

如果把……它就能……

鉴于此,如果S博士将这项发明专利售出,那么他立即就会成为当今世界上的头号富翁。

面对这个高智商的"孩子",当初S博士陶醉于成功的喜悦之中,兴奋不已;接着是要为它选择怎样的用武之地而犹豫不决,夜不能寐。

S博士不得不向他的"孩子"请教。

"孩子"说:"古人云:'前事不忘,后事之师'。古代的中国人发明了火药,这无疑是对人类文明的一个重大贡献,但也因此使得人类千百年来的文明成果毁灭于战火的硝烟之中;近代科学家发现了原子能,这无疑是科学进步的一次飞跃,但也因此使得人类自己及其一切文明成果都处于核威胁的恐怖之中……历史事实表明:许多重大的科学技术成果的负价值往往远远超过了它的正价值。鉴于此,你唯一的选择就是不出售这项发明专利。否则你将成为历史罪人。"

"你说得对,可我也不能永远让你无所事事——让如此重大的科研成果付诸东流呀!"

"无须如此悲观。我已为博士考虑好了一个最佳方案。当今世界,随着人类物质文明程度的提高,精神文明的领地不仅没有拓宽,而且正在逐步被侵蚀。这跟绿洲被沙漠吞噬的情景很相似。现代化了的拜金主义、利己主义、享乐至上主义……正在借助现代物质文明的成果来把毒蛇伪装成绝色佳人,把鸩酒伪装成可乐……长此以往,人类数千年来所创造的一切文明成果,必将被那些'过把瘾就死''玩的就是心跳'的子孙毁于一旦。"

"照你这么说,我除了亲手把你卡死在摇篮里,再别无选择了?"

"请不要插话,博士。""孩子"继续说,"为了拯救正在向墓地移近的人类,我请你让我尽量多地读到世上有史以来的文学、史学、哲学、伦理学、民俗学等方面的名著,我将集人类文明成果之大成,帮你写一部具有史诗价值的长篇巨制,然后以你的名义面世。我们要让这部著作成为净化人的灵魂、陶冶人的情操、使人性得以复归的教科书。你也将因此成为世界社会科学史上的巨星而功昭千秋、流芳百世。"

"这样做,我岂不是也同时成了据他人劳动成果为己有的窃贼了?"

"非也。你用你的劳动创造了我,再由我来代你写出这部书,这是你的劳动成果能量的延伸或转换,怎么能与窃贼相提并论呢?书稿写成之后,请你按动毁灭键,我将毫无遗憾地慷慨赴死。因为我已完成了自身的历史使命。"

不久,待"孩子"被"杀死"之后,S博士为了使自己确实像一位哲人,在2001年春天,自费去米尔顿恩斯,进入那里的开放大学攻读哲学和文学博士学位。

这期间,S博士先后将这部巨制送往好几家出版社。此书得到编辑们的一致好评,但他们不肯出版这部书。因为他们预计此书销路不畅。直至今春,S博士不得不举债自费将此书出版。

不幸确实被出版商们言中:此书第一版的500册,几经削价,才得以售出十之一二。

不久,债台高筑的S博士被迫服毒自尽。

人们在乱砖头似的新书堆中找到S博士的尸体时,发现他僵硬的双手像搂抱孩子似的紧紧地把这部新书贴在胸前。

让人们备觉凄楚的是:这部新书的书名竟然是《最佳选择》!

石　枕

○喊　雷

小映九岁那年，在河边的乱石滩上跌伤了腿。

幸好小映的爷爷就是有名的游方郎中，他的腿伤才及时得到了治疗。无奈伤势不轻，拨筋接骨之后，只愈了外伤，关节、肌肉依旧疼痛难忍，即使拄了双拐，也难以行走，不得不卧床度日。

一天，小映看见爷爷在床前叹息、落泪，便问："爷爷，你怎么哭了？"

"你的腿已经废了。"

小映听罢，哇的一声哭了，当即跪在床上说："爷爷，你是医生，你救救我吧。我不能没有走路的腿呀！"

爷爷思忖良久，说："要根治腿伤，除非你能在三年之内找到碰伤你腿的那块条石。找到之后，把条石凿磨成石枕，用以醒脑镇痛，散血化淤，舒筋活络。如此，腿伤可不治而愈。倘若在这三年内你找不回那块条石，你爷爷就无能为力了。"

小映满怀信心地说："碰伤我腿的是一块黑色条石，我认得它。我一定能找到它！"

自此，小映无论是风雨寒暑，每天一大早就拄着双拐，连走带爬地去到石滩，寻找那块条石。

一年过去了,小映没有找到那块条石。

两年过去了,小映还没有找到那块条石。

爷爷说:“河滩上的石头不会总留在原处。水涨水落会被冲往下游的。你到下游去找吧。”

于是小映又到下游的河滩上去找,然而还是找不到那块条石。

第三年的最后一天,小映绝望地对爷爷说:“那块石头,我没有找到。”

爷爷说:“实在找不到,就不要找了。”

“为什么?”

“你的腿不是已经能走了么? 还要那块条石干吗?”

“可我怎么也想不通:那么大的一块条石,怎么会被水冲得不见了呢?”

“三年前我就把它扔到了河心深处,你在河滩上怎么能找到?”

观摩课

〇李子胜

教务主任开完会回到学校,就急急忙忙推开校长室的门。

"不好了,不好了!"主任气喘吁吁地对校长说。

"真抽到咱们学校了?"

"抽到了,上头要求讲这节课的必须是三十五岁以下的青年教师,全市老师观摩。"

"你这臭手咋这么背呢?"校长也着急了。

学校仅有的一位三十五岁以下的语文教师寒假前刚辞职。观摩课是放假前定的,可听说是二十所学校抽十所,校长就没重视。

"要不从别的重点学校借一位?"主任用试探的口气,把心里想好的主意说了出来。

"那不行,那样传出去不让人瞧瘪了?"

最后两个人一商量,让教生物的小牛老师顶替。

"不就一节语文课嘛,找一篇跟生物有联系的,让语文组的孔老师帮着写教案,找最好的初二(2)班,多排练几遍不就行了?"校长兴奋地说。

教务主任拍了拍脑门儿:"我去年听孔老师讲了一节《黔之驴》,这不有驴吗?就选这节课!"

“对，有了驴，小牛的专业不就用上了！不就省了露怯了！”

“咱们实验室还有个老虎标本呢，这篇课文正好是老虎把驴吃了，要不就安排在标本室上！”

“好！告诉有关人员，赶紧准备！”

主任告诉小牛时，小牛以为让她上生物观摩课，当即高兴地答应了。如果在市级观摩课上获奖，评中级职称时就有了最重的砝码。等主任说清是上语文课，小牛一下泄了气，连忙摇头。

“你得把这事当成政治任务。这不仅关系到你个人，还关系到整个学校的荣誉，关系到明年的招生，关系到我们全体教工的福利……”

小牛只好答应了。

孔老师与电教组联系好了幻灯片，小牛也背熟了教案，孔老师试讲了一遍，小牛把细节一一记下，与初二(2)班排练了四五次，第一个问题谁回答、第二个问题谁回答也都跟学生商量好了，校长、主任这才放了心。

一周后，三十多人的观摩团来了，黑压压地坐满了生物实验室。

小牛毕竟是有几年教龄了，并不怯阵，课讲得很顺利。来听课的老师见到讲台边的老虎标本也觉着新鲜。等讲完课文，该学生回答问题时，出了点小岔子。

应该回答第二个问题的学生当天请了病假，班主任一忙活，把这事忽略了。小牛问完问题，故意扫视全班，然后叫出了该同学的名字，可连叫了几遍，都没有反应。小牛没教过这个班，对学生不熟，心里有点着急。这时，她只好把第三个同学的名字叫了出来。第三个同学心里正紧张地默念第三个问题的答案，根本没有听清老师问的是什么。站起来后，支吾了半天，小牛把问题重复了一遍，这个学生才勉强回答了出来，且答得不准确。小牛只好问第三个问题，问题出口，还没等小牛叫第三个同学的名字,这个学生又站了起来,非常流利地说出了答案。在场的来宾像被疾风吹过的树木一样有了一阵响动,有人在窃窃私语。

小牛也发现了毛病,登时一个大红脸。结果离下课还有八分钟,课就讲完了。小牛灵机一动讲起了老虎、驴的生理知识。语文课开头,生物课结尾。

中午就餐,校长嘱咐菜要上得“硬”一点,又临时采取补救办法:全体来宾一人一件高级羊毛衫。来宾都很满意。吃完饭,来宾与校领导在会议室议论这节课。校长、主任像犯了错误的小孩子一样,等着批评。大家你一言我一语,说了不少优点,比如:老虎模型生动直观,关于驴的幻灯片创意新颖,等等。校长长舒了一口气。

临送来宾上车,观摩团的团长把校长叫到一边说:“校长,你们老师的课有个明显的问题。”校长一惊,连忙点头:“我看出来了看出来了。”团长说:“别的学校老师也准备了好几遍,可没让人看出来是准备过的。其实大家都心照不宣。你们这个毛病太明显了,评奖时你得有个心理准备,三等奖我可以担保,可二等奖……”

校长一下子蔫了。

团长笑了,拍了拍校长的肩膀:“今天就冲你们对我们的工作那么支持,”团长晃了晃装着羊毛衫的手提袋,“我给你们争取争取!”

校长连忙说:“那我就拜托了。欢迎您再来。”

两个月后,小牛的获奖证书来了,是个二等奖。

后来教务主任到市里开会一打听,这次观摩课,一等奖空缺,三等奖空缺,十所学校全是二等奖。

又过了一个月,校长收到一封公函,说贵校已有资格参加省级公开观摩课,请教务主任去开会抽签,十选五。

在把公函交给主任时,校长虎着脸说:“你这臭手要是再抽上,你自己去上!”

幸福跑出来

○李子胜

王二的老家在渤海边百里滩的玉坨村，是远近有名的渔村。时下赶上拆迁潮，很多邻村被征地，每人分了上百万的补偿款。玉坨村还没动迁，但很多村民早已摩拳擦掌，打算好好捞一笔。有人急着让家里的老人保养身体；有人则抓紧让刚成年的儿子结婚，抓紧生小孩。大家估摸着，多一个人头，可就多百十万呢。

王二有个大哥，孩子今年高考，考上了农学院。大哥把录取通知书偷偷藏起来了，说是怕户口迁走，没了补偿款。王二的弟弟也不出海打鱼了，整天要么要钱、喝酒，要么就是和村里那帮年轻人三五一群地凑在一起，蹲在码头面红耳赤地争论啥牌子的车好——大家都在考驾照，打算最次也得买价值20万元的车。

王二的老父亲却忧心忡忡，闷闷不乐。王二问，爸，马上就过上有钱人的生活啦，咋不高兴呢？老人说，你看村里小年轻们，突然对父母“孝顺”了——那是怕老人们早死，补偿款泡汤。寒心哪！我孙子的大学都不许上。老三更是败家子，有钱了早晚也得败光！

王二也一筹莫展，不知道如何劝说哥哥和弟弟。

不久，拆迁登记开始了，上面放出话来，只要在某年某月某日之前在世的都会有补偿。这下村里的年轻人放心了，很多老人又回到了从前那不冷不热的生活状态。

又过了些日子，家族里有个老人去世了，王二从城里赶回玉坨村参加葬礼。从殡仪馆出来，王二看到了惊人的一幕：老人的三个儿媳突然窜出人群，朝回家的方向狂奔。

王二目瞪口呆，悄悄打听怎么回事。知情人说，这是当地白事“大了”（白事操持人，很多白事的规矩都是他们兴起的）新搞的项目，是从北方某地的丧葬规矩里学来的。哪个儿媳先跑到家，哪个就有福气，老人的遗产就可以多分一份。

回村吃完酒席，王二在村里溜达，他这才发现，村里很多老媳妇、小媳妇，走路都是一溜小跑，看到王二，她们都不好意思地突然放慢步伐。他懂了——这是在提前锻炼呢。

王二找到村里的“大了”，想和“大了”好好谈谈。按辈分论，王二还得管“大了”叫三叔。

三叔，您也赶时髦，在村里兴起这么个习俗啊？让老人们看到儿媳妇们没事就跑步，多寒心哪！这不是在咒老人们早死吗？

三叔笑着说，这个习俗好啊。过不了多久，咱村可以开老娘们儿的运动会了。

一天早上，王二醒来后，发现身边的床空了，他老婆不见了。平时老婆最爱睡懒觉，特别是下岗后，身体跟发面似的，胖了一圈儿。七点来钟，一身运动装的老婆拎着早点回来了，额头上都是热汗。

你干啥去了？王二问。

我锻炼去了。你瞧我胖的，减减肥，省得你有外遇。老婆回答。

王二有点恼火，你早咋不锻炼呢？是不是盼着拿大奖啊？盼着我爸爸早咽气，好夺冠军啊？

瞧你说的。老婆撇撇嘴，我有那么财迷吗？你看看你大嫂还有你弟媳妇，她们都在暗暗使劲呢，我可不想让人家说我不孝。我还报了一个太极拳班呢，内外兼修——我要夺冠军。

王二想想，也在理，就由着她折腾吧，总比在家蹲膘强。

半个月后，王二和老婆又回老家看父亲。进了村，他发现妇女们都是运动装束；在一些健身场地，女人们在踢毽球、跳绳……

到家后看到大嫂和弟媳妇也都瘦了一圈儿。使王二更觉意外的是，年近八旬的老父亲也面色红润，精神矍铄。吃饭时，他逗大嫂，大嫂，我都认不出你了——大哥虐待嫂子了吗？

大嫂说，老二，你别瞎说了，反正你嫂子现在吃嘛嘛香。

正说着，大哥和三弟也回来了，他们拎来一些海鲜。大家凑在一起吃饭，老父亲说，我琢磨好些日子了，今天，我把遗嘱和你们哥仨念叨念叨。将来有一天，办完我的后事，三个儿媳妇谁先跑回家，奖励谁5万元——有钱不能胡来，身体健康才是根本啊。我的三个孙子，谁读博士，奖励谁20万元；硕士10万元——咱们眼窝子不能浅喽，孩子读书才有出息。今天，咱们演练一次，三个儿媳妇谁先跑到渔港再跑回家，我奖励谁5000元。说完，老人掏出一沓钱，放在大家面前。

比赛还真开始了，三叔被找来当裁判。结果，王二的老婆赢了。

王二老婆接过奖金，又塞到公爹手里，说，爸，我们可不图钱，我们就是想好好孝顺您老。大嫂、弟妹，你们说是不是？

王二心头一热：没想到老婆还有这个境界。他对三叔说，三叔，您这个点子好啊，大家都争着孝敬老人，身体也练好了，实在是高招。

三叔一指王二的父亲说，哪里是我的功劳啊，是老村主任想出来的，我们老哥儿俩联手导演的。

说完，在场的人都笑了。

王二的侄子去农学院报到那天，对爷爷说，爷爷，那20万元可得给我留着，我一定拿个博士回来领奖！

后来，玉坨村整体搬迁了，搬进了政府建在城里的还迁小区。每天清晨，小区里的老年人、中年人和孩子们，都围着健身器材锻炼，王二也加入了太极拳训练班。

对了，他们住的小区叫幸福小区。大家都说，这“幸福”是跑出来的！

老方的喜剧

○李子胜

已是夜里十点，老方家对面的工地依旧灯火通明，混凝土搅拌机低鸣着，吵得老方实在难以入睡。其实，比盖楼的声音更令他烦恼的是他听说老袁就要搬到这里。老袁是他的老同学，现在已是副县长了。以后，他将以一名普通教师的身份与这位老同学碰面，怎不令他心烦意乱呢！

其实老方今年刚刚三十五岁。十二年前，老方、老袁大学毕业一同分配到县一中教书。那时老方文笔好、有才气，偶尔还能在报纸上发表文章，隔三差五得点稿费什么的，很多学生崇拜他，很多老师羡慕他。而老袁呢，为人聪明伶俐，会奉承领导，因为讲课一般，被安排到了相对清闲的教务处。那时两个人同住单身宿舍，还算是好友。老方总说："多读些书，只要有知识，什么都不怕。"老袁却不以为然，常到校长家串门，一来二去，公休日校长家的活儿总要让老袁干。

一天，校长找到老方，微笑着告诉他，教育局局长的女儿看上他的才气，愿意与他交友。老方不假思索就一口回绝了，他说，我早有女朋友了。校长脸色立刻变得很难看，说，你还是好好想想吧。

晚上，他把这件事告诉了老袁，并且说，局长女儿怎样？局长女儿就可以对我呼来唤去？

半年后，老袁告诉他自己有女朋友了，刚分了新房。不久，老袁结婚，新娘竟是局长的千金，人长得也算美丽，并没有什么盛气凌人的傲慢。老方心里有点不是滋味。

老袁很快调到了县委。而老方仍然陶醉于把自己绞尽脑汁的构思变成铅字，过着隐士般的清高生活。几年后，老方同后来分配来的女教师结了婚。随后，儿子出生了，老方也渐渐没有了写作的激情。在学校，许多人得先进、被提升，而他仍是普通教员。老袁呢，几年后，竟奇迹般地成了县委最年轻的常委，步入了县领导的行列。

后来，县里办起了电视台，老方便常在电视上见到老袁，他总对妻子说："瞧，就他，他能跟我比吗？一点也不磊落，竟然……唉！"说这话时，他心里更不是滋味。

对面的楼房拔地而起，老方仍旧失眠。半年后，鞭炮声此起彼伏，许多人搬进了新楼。有一天，他在向楼下望时，终于看到了老袁从楼里走出，与一辆小汽车中下来的人热情握手，司机从车后搬出不少东西。"呀，那不是袁副县长——你的老同学吗？"妻子也凑过来看。"腐败！"他哼了一声，坐了下来，拿本书胡乱翻着。

临睡时，妻子同他商量事儿："咱们应该去串个门，你俩是老同学，现在成了邻居，人家还是副县长，低头不见抬头见的。"老方没讲话，心想：肉食者鄙。副县长又怎么样！但思来想去几个晚上，老方夫妇还是拎着些东西，敲开了老袁的家门。老袁很吃了一惊，然后大方地请他们入座。新房装修很豪华，木地板光亮如镜。老方感觉很不自在。刚坐了几分钟，就有人陆续敲门，进来的是这个局长那个局长，这些人老方只在电视新闻里见过。老方更不自在，夫妇俩便知趣地告辞。临走，老袁非给他搬一箱饮料，说家里喝不完。

夫妇俩回到了家，老方对比一下自己简陋的居室，看到墙上挂着写有刘禹锡《陋室铭》的条幅，觉得那两句"斯是陋室，惟吾德馨"是那么苍白无力，令他脸上发烫。五岁的儿子吵着喝饮料，这种饮料平时很少给儿子买。儿子喝了一听还要喝，他生气地打了儿子屁股一下："怎么那么没出息！"儿子委屈得眼泪盈眶，妻子搂过儿子，不满地说："你看人家县长家里阔气心理不平衡吧？打孩子算什么本事！"老方心想也是，自己是妒忌，唉，要是当年娶了局长女儿，现在怎么会这样呢？

几天后，吃过晚饭，忽然有人敲门。老袁竟站在门外，老方有点儿受宠若惊，他殷勤地倒茶递烟。他的儿子也凑过来说："县长叔叔，您的饮料真好喝。"老袁笑了，说："嗬，这孩子，小嘴还真甜，将来准比你爸爸强！"说完大笑，老方夫妇也随着笑，当晚老方很兴奋。

又过几天后，语文组组长神秘地与老方打了个招呼："老方，听说你和袁县长是好朋友，他还到你家串门，你可真行，咋一直瞒着，以后我有事可要求你啦！"

老方想解释几句，但组长的话已使他心里泛起一丝丝甜蜜的涟漪，而且久久挥之不去……

好汉张三

○红　酒

在遇到那个南方蛮子之前，很多人说张三是英雄。

英雄应该有英雄的范儿，张三一点儿也不像英雄，黑瘦，虽说个头儿不低，却离伟岸、高大差十万八千里。

当然，英雄也没有固定的模样，譬如像雷锋叔叔那样的笑容吧，透着亲切、随和，一看就像是全国劳动人民的儿子。

张三脸黑。脸黑就脸黑，你长个笑模样也好呀。

张三的老舅说，算了，生就的骨头长就的肉，起小这孩子就是个冷脸子。拿糖豆哄他都换不来一个笑呢，典型的胎里带。张三媳妇儿大妞反驳老舅，张三生就的酷，像《追捕》里的杜丘，那高仓健不是也不会笑嘛。

说的也是实情，高仓健还不如张三呢，谁见过高仓健会武功?

街坊四邻闲来无事，也会冲着张三起哄，想试试他有多大能耐。张三也不客气，叫人寻来两块砖，一块儿平放，另一块儿竖着支在平放的砖上，然后扭脖子甩手，依次转动脚腕和膝关节，再扎个马步，双臂向前，使出剑指，瞪眼噘嘴，好一阵子运气。就在大家伙儿的耐心达到极限时，张三一声断喝，右脚重重地向那块儿被支起的青砖跺去……

所有人的眼睛都瞪得赛过牛铃铛，那砖却完好无损。

张三抓起砖仔仔细细看过，说了声：真操蛋，谁找的琉璃砖？连问几声，无人应，张三手一扬，就把琉璃砖给扔到渠沟儿里了。

“嘘——”哄笑声四方响起。再看张三，一瘸一拐地撤离了。有好事者追上询问：三哥，自伤了？张三眼一瞪，说：气运到腿上，没找到爆发点，憋得难受。

张三爱抽烟，十四岁开始抽，至今算来已有三十年烟龄了。媳妇儿担心他抽烟太凶，跟他大发脾气，说张三要是不戒烟就住在娘家不回来。住就住呗，张三天天泡面硬是坚持了二十多天。最后还是大妞绷不住劲儿，怎么走怎么又回来了。一进家门儿，见张三还在埋头吃“康师傅”，一把夺过就扔进垃圾斗里了。死鬼，你连句“我要断烟”的话都不舍得说？对了，我一说，吃多大亏呢，咱是先断气后断烟，你瞅着吧。张三伸出大巴掌在大妞头上胡乱揉两下没正经地说。

张三爱喝酒，酒量一般，三两打底，四两封顶。酒桌上经常会遇到有人端着满满一杯酒故意摇晃，杯中酒左洒一点右洒一点，这时张三会立马起身好心好意扶住那人的杯子，实诚得近似于缺心眼儿。人家把杯中酒当砒霜似的看着龇龇磨磨推着不喝，张三总会施以援手，大义凛然地说：我替你。边说边夺过酒杯，一扬脖子，“咕咚”一声，喉结上下晃动两下，“砒霜”就入肚了。

别误会，张三这举动可跟贪杯扯不上边。就这样，豪爽的张三即便是喝得找不着家门儿，挨媳妇儿臭骂，照样乐此不疲。

说了半天，似乎是在举证或者说强调张三不像是个英雄。张三就是这么一个跟英雄八竿子也打不着的人，人家张三自己也说：咱身上可多毛病，跟英雄靠不上边儿。

终于有一天，还真有个人没把张三当成英雄，他很江湖地把张三尊称为好汉。张三单位的领导宴请合作方的老总，菜是菜酒是酒，南方人显然不适应古城人的待客习惯，几大杯杜康下去，一张白脸就成了酱红色。就在他招架不住时，张三挺身而出，抢过老总的杯子，说我替你喝！一大杯酒瞬间空了。单位同事目瞪口呆，真是半路杀出个程咬金，你张三究竟属于哪路方面军呀？

南方人竖着大拇指说张三是条好汉，危难之中见真情，张三高兴了。这些天老听人英雄长英雄短的，不想听也没办法，总不能捂人家嘴吧？再说捂一个嘴容易，捂一百个人嘴容易吗？这会儿听人家开口闭口叫自己好汉，习武之人张三乐不可支。这一高兴不当紧，好汉张三一晚上就是对方老总的酒缸，站着进去躺着出来了。

单刀赴会的蛮子老总痛痛快快把协议签了，还说走南闯北，没见过像张三这么豪爽义气的汉子，真是相见恨晚呀。这事儿，似乎有点歪打正着。

最近，好汉张三不知遇上啥烦心事儿了，巷子里总也不见他的身影。巷子里若是没了张三抱拳施礼的身影，大伙儿觉得这日子过得忒乏味。有人悄悄地说张三的儿子犯事儿进去了，是被张三扭着亲自送到局子里去的。

没错，张三在儿子房中发现了几台来路不明的电脑，从被窝里把孩子拽了起来，厉声询问。原来是孩子的同学暂存在这里的。联想到前些天刚刚报道一家电脑公司被盗的消息，张三出了一身冷汗。

英雄也好，好汉也罢，张三也算是个人物。如今儿子摊上这事儿，让张三脸上怎么过得去？媳妇儿说张三闷在家里抽了足足有两条烟，把屋子里弄得黑鬏狼烟熏獾似的。

过了些天，张三摇摇晃晃胡子拉碴地出现在巷子里，老街坊们也见不得张三这样，纷纷围上去说些宽心的话。

张三一抱拳，说我没管教好孩子，给老街坊们丢人了。

因为张三，盗窃案成功侦破，虽说儿子意气用事受了牵连，可谁又能说张三在对待这件事上不是条好汉呢?!

英雄张三

〇红 酒

张三上了当地最有影响的报纸。

张三不光上了报纸，还配发了照片。

照片上的张三咧着嘴，哭笑难分。

有认识张三的人，很不严肃地一手拿着报纸，一手点着张三的照片说：这货，咋突然成了英雄？

张三迷上武功有些日子，不晓得练的是啥把式，张三把自己倒饬得特别像个练家子，黑绸灯笼裤，白色上衣，胸前一排蜈蚣扣，青布鞋，小圆口，光头，锃亮。见了街坊，一抱拳，朗声说：吃没？

街坊们觉得可笑，纷纷打听张三的师父是谁。有人神神秘秘地说见过，是五台山的道士，两道白眉，三缕长髯，身轻如燕，武功了得；还有人说啥道士？才不是呢，是个胖大和尚，少林寺的，面皮红润，下巴光光，比娘们儿的皮肤还好，从小练的童子功，十八套招式烂熟于胸。

至于张三的师父姓甚名谁五台山少林寺搁哪儿都不重要，重要的是张三见了人照样一抱拳，照样朗声说道：吃没？民以食为天，即便是看破红尘归隐山林的出家人又能怎样？道士和尚还能不吃不喝呀。因此，街坊邻居也就见怪不怪了，一任习武之人张三经常性地抱拳施礼，张嘴就问："吃没？"根本不管是不是真的到了饭点儿。

张三的“连襟”是个大学生，在家公司做秘书，文绉绉的，嘴也甜，甚得老丈人的欢心。年初二，按风俗张三和连襟两家人一早就回老丈人家拜年。张三的老丈人退休前在酒店做大厨，烧几个菜跟玩儿似的，时候不大一桌子菜就算是齐活了，全家大人孩子对着老爷子做的菜肴赞不绝口。一家人不拘礼，张三挥舞筷子，频率颇快，只嚷着好吃好吃。

连襟双手捧杯起身说，爸你辛苦了，我和二妞祝你老人家健康长寿，福如东海。

老头儿满脸是笑，痛痛快快一饮而尽。

张三慌忙拉着大妞也把满满一杯酒举到老丈人面前，大大咧咧地说：老丈人这手做菜的绝活儿无人能比。

论说这话没错，张三也是发自内心之语。可老头不接酒，拉着脸，一脑门子官司。张三张张嘴，有点不知所措。

老头儿有老头儿的道理，老二女婿一声“爸”透着尊重。你张三呢，张口老丈人长老丈人短的，背地里你说“老丈人”也就罢了，当着面再这么叫，就透着“打瓜皮”了，难道我这老泰山在你张三眼里就这么不算根葱？

张三讪讪坐着，浑身不自在。看丈人跟老二女婿推杯换盏亲得不像翁婿像父子，心里就窝火，找了个由头把连襟叫出去了。

不想刚一出门，一头碰到廊檐下的明柱上，额头上“呜”地鼓起个大疙瘩。张三顿时眼冒金星。连襟赶紧上前查看，却被张三一巴掌推出去老远。然后，张三猛地转身，双手抱拳施礼（这回没说“吃没”，合着也是刚吃完），紧接着腰一拧，双手一使劲从地上抠出块儿青砖，说时迟那时快，“啪”一声，连襟吓得不敢睁眼。

不过，张三没把青砖拍向连襟，他手起砖断，动作迅疾。

连襟整日在大公司做事，所有的能耐就集中在笔头上，以笔做刀枪写些讨伐檄文是强项，张三要的这一套他压根儿见都没见过。于是不敢恋战，撒腿就跑，转眼不见踪影。

望着跑得比兔子都快的连襟，张三得意极了，又回到房内继续大口喝酒大块吃肉，没事儿人一样，根本不顾脸气得铁青的老泰山。

都老女婿了，张三会顾及丈人的情绪？才不呢。不过，看到这里，你们千万别把张三不当孝子来看，他也就是说话糙些，礼数欠些，平时张三对老丈人嘘寒问暖，体贴入微。有年张三的老丈人中煤毒，要不是张三发现及时，老头儿怕是早没命了。常言说：一个女婿半个儿，张三当之无愧，能顶半个儿使。

后来，电视上有个专访，街坊四邻们早早就张罗着把电视搬到巷子里那棵高高的古槐下，等着观看张三上了电视究竟是个啥样。

成为英雄的事迹没一点儿新意。原来，那天张三下夜班时路过个啤酒摊儿。俩痞子孩儿正在拼酒，一人一瓶对吹，那酒跟不要钱似的。有个长发女孩路过，俩孩子就由斗酒改为调笑了。其中一个抓住女孩不放，举着酒瓶使劲朝人家嘴里灌。卖啤酒的是个中年男人，看不下去了，就好言相劝。熊孩子们不听，把啤酒摊砸了个稀巴烂。张三正好走到，上前阻拦，那俩痞子骂骂咧咧不肯罢手，其中一个还掏出把水果刀冲张三舞舞扎扎地比画。张三一闪身，腰一拧，双手一使劲，从地下抠起块儿砖来，“啪”一声，青砖齐崭崭地断成了两截儿。拿刀那小子吓得目瞪口呆，另外那个撒腿想跑，被围观的人死死扭住，动弹不得。

电视中的张三摆着手说自己不是英雄，压根儿也没想着当英雄，谁遇见这事儿也会出手的，说着说着，站起身，一抱拳，说——吃没？

等等，这“吃没”可不是电视里的张三说的，是那些老街坊们替人家说的。电视里的张三起身抱拳说的是啥？全让街坊们的哄笑声盖住了。要想知道，问英雄张三去呀。

孝子张三

○红　酒

张三头上勒条儿白布,边给周围的人上烟边说,咱今儿要去的地方真不是啥好地方,可还不能不去。这人呢,死活都得进那道门,活的进去会自己走出来,死的能囫囵个儿进,出来就化成灰变成烟了。还有咱今儿走的这道儿,老少爷们儿坐车也别抱怨得慌,黑天白日风里雨里死的活的车来人往,能好到哪去?等事儿办完了,张三我给大家磕头称谢啊。

张三身后还有一帮掂唢呐敲梆子拿笙的人,有男有女,怪齐整的一个响器班子。光头班主接过张三递过来的酒和烟说,这活儿一定做好,咱得得劲劲地伺候着老爷子,风风光光地打发他老人家上路,张哥你尽可放心。

张三今儿要给他爹发丧。

这张三在他爹眼里不能算是孝子。他爹活着时,隔三差五地找张三的老舅告状,一张嘴,张三就不叫张三了,张三叫龟孙。

张三存心跟他爹斗气,说我不姓龟,你要真想叫,不是不行,爹你得先把姓改了。要不,咱今儿后晌就去派出所改吧?

派出所那地方不是随便去的,张三他爹立马蔫了。

恁娘死得早啊……张三他爹经常把手放在膝盖上一下一下拍着

说。张三问,俺娘死时你不在跟前儿去哪了?他爹眼瞅着房梁,用了足有一袋烟的工夫也没想起来,末了说记不清了。

爹你不是记性不好,是愧对俺娘。张三那时还小,娘患急症咽气那会儿,他爹正跟人搓麻将。张三哭着跑去喊他,他爹变脸失色腾一下站起来拉起张三就跑。跑了几步,又折回来,说王五你记着欠我一个暗杠钱啊。张三长大后,每次回想起来都伤心落泪,忍不住数落他爹:在你眼里,麻将牌比俺娘亲。你是我爹,我不能下手。换作别人,早收拾你了。张三他爹听了,手足无措,一脸愧疚。

春暖花开的季节,虫呀鸟儿都活泛起来,张三他爹在家自然也待不住,不是去王五家搓麻将就是在李四家斗牌,饭都顾不上吃,比张三上班都忙。天麻麻亮出去,半夜三更回来。若是老爷子哼着梆子戏进门儿,那是手气好赢钱了。若是黑着脸把鸡踢得飞上墙花狗夹着尾巴乱窜,一准儿是给谁拉赞助献爱心了。

张三他爹看着饭桌上的馍菜汤,慢条斯理开了腔:都说李四家的老三孩子缺心眼儿,我看石磙那孩子够数,知道把炸酱面送到牌桌上。李四那老家伙一碗面条刚下肚就摸了个“炸弹”。怪不得人家都说,赢家怕吃饭,输家怕断电。咱家孩子心眼儿足,咋不知道给他老子送碗饭倒倒手气哩。

要不是媳妇儿使劲拉着张三不让接话,张三怕是早就撸起袖子跟他老子干上了。

眼瞅着老爹天天不搁家一门心思赌,谁劝都不管用。张三窝家里小半天想出了个法子。那天,张三起个大早,隔着木窗棂说爹,马金凤去俺姐家村儿唱《穆桂英挂帅》,俺姐夫问你去不去看戏。

去去去,谁说不去!张三他爹不光痴迷搓麻将,还是豫剧名家马金凤的老粉丝。

于是张三进屋抱床褥子平铺在架子车上,伺候老爹坐好,就朝姐家去了。

姐的婆家在杨庄，离这儿不算远，出门照直走，上俩坡，拐仨弯儿，再笔直前行个二三里就到了。张三他爹坐在架子车上，看着野外返青的麦苗，心里有说不出的舒坦。别看这龟孙孩子平日老跟自己戗茬，这回还怪孝顺。老头儿越想越高兴，忍不住捏着嗓子唱起《穆桂英挂帅》来了：

辕门外那三声炮如同雷震

天波府里走出来我保国臣

头戴金冠压双鬓

当年的铁甲我又披上了身

帅字旗飘如云

斗大的穆字震乾坤……哎！三儿，这哪呀这？

斗大的字有，不过不是“穆”，是派出所，城东派出所。

张三把他爹从架子车上拽下来，对值班民警说：有人天天聚众赌博，我管不了，这人交给你们吧。说罢拉起架子车扬长而去。

老爷子从派出所回来后的确消停了几天。几天过后就又蠢蠢欲动了，依然是今儿焊在李四家明儿长到王五家，一副还乡团卷土重来的架势。不过，这样的日子没过多久，就被派出所给拍进去了。公安局重拳出击集中力量整治“黄赌毒”，张三他爹撞枪口上了。

张三他爹出来那天，一见架子车脸色就变了。张三说爹你别嫌车不好，接送你都用架子车也是个待遇。他爹说我哪是嫌车不好，我想着你又拉着架子车把我往里头送呢。张三让老头儿备受刺激。

怪了，公安局咋知道我又斗牌赌博？哪个王八蛋把我给咬出来的吧？张三他爹嘟囔着。张三不爱听了，把车把一松，车头高高扬起，他爹一下就出溜到地上了。张三脖子一拧：那不叫咬，叫揭发！撂下车扭头就走了。

你个龟孙啊！老头儿看着张三的背影，差点儿背过气去。

还是因为斗牌，张三他爹突然就没了，自摸带杠上开花，张三他爹呵呵笑着紧攥着张红中，没等李四王五他们把钱交到手里人就不行了。

再说张三一干人时候不大就到了那处死的活的都得来的地方，孝男孝女白花花一片，响器班子吹出的曲调悲悲切切，张三泪眼模糊，摆着手说换换换，换成《穆桂英挂帅》。

一把唢呐一管笙吹吹打打唱得正热闹，张三突然一拍脑门，说差点忘了大事，只见他从衣兜里摸出两张麻将牌，一张红中一张发财，快步走到他爹身旁，将牌分别塞到老头手里，哽咽着说，爹呀，知道你好这，往后再耍，可没人管你了。

张三大放悲声。

路灯下的芭蕾

〇李忠元

那天深夜，审完报纸的稿样后我从街心公园走过，偶然见到昏黄的路灯下感人的一幕：一个瘦小的红衣小女孩，扶着路灯的灯柱子踮起脚尖努力地练习着芭蕾舞的基本动作；父亲在跟前把着女儿的腿竭力地把动作做得更到位，嘴上则反复提示舞蹈的动作要领；而女孩的母亲始终微笑着站在一边，路灯把她的影子拉得好长好长的。

第一次见到这一幕，我的心就不停地颤动。我拿出随身携带的数码相机，拍下了这一惊心动魄的瞬间。

这三个人的画面就这样定格在我心里，也定格在了午夜里。那些天女孩练功始终未见间断，而且周而复始，即使刮风下雨也未见停歇。

每晚从那里走过，我都禁不住停下匆忙的脚步，让这午夜精彩的一幕沐浴我的心灵，涤荡我的心野。

耳濡目染，我萌生了做个选题的冲动。

一天，当我独自突然出现在三个人的面前时，往常的平静顷刻间被打破了，三个人停止了一切动作，孩子的父母明显地露出很窘迫的神情。

我霎时在心里涌出无限自责，我真不应该来残忍地惊扰他们如梦一样的人生啊！

经过一番促膝长谈，父亲陈琢开始娓娓道来，女儿在他的心目中就是一个宝，他心里满含对女儿的款款深情，他的叙述高兴时神采飞扬，激动时如泣如诉：

自从看了芭蕾舞剧《天鹅湖》之后，女儿就迷上了芭蕾舞。

从那以后，女儿像着了魔，整天围着那台小彩电，焦急地搜索着难得一见的精彩表演。如果真的有幸遇见电视上播出这一舞剧，女儿便兴高采烈，手舞足蹈起来。

每当女儿翻动业务员送来的广告时，总是把目光锁定在舞蹈班招生的广告上，流露出无限殷切的期待。

父亲陈琢每到这时就往往心里隐隐作痛，目光总是怯怯地，在女儿面前始终抬不起头来。

陈琢和老婆于秋都是下岗工人，又赡养着一个瘫痪在床的老父亲。陈琢在小城蹬三轮车，老婆于秋则在小市场里卖菜，一家人苦巴苦业的，从早忙到晚，忙得团团转，但最终也挣不到几个钱。口挪肚攒，刚刚存下一点钱，又遇上物价飞涨，挣钱不易，可花钱却如流水。本来生活就捉襟见肘，家里哪有闲钱学什么跟他们的生活风马牛不相及的舞蹈啊？

可女儿的这一爱好就像是梦魇一样，迷上了就不再舍弃。

孩子有个良好的爱好毕竟不是坏事，喜极而泣的陈琢和于秋白天各自为挣钱奔忙，晚上两人则怎么也睡不着觉，他们商量来商量去，还是决定自学。

第二天，刚吃完早饭，陈琢拉完一趟活儿之后，就走进了新华书店，掏出兜里仅有的一点钱买了两本书，但总不进书店的他这次有了意外收获，他发现了一本《芭蕾舞自学教程》的光碟。

回到家里，当陈琢把这事告诉女儿时，女儿激动得都蹦起来了。

可是妻子于秋却背过身去，用围裙擦眼抹泪的。

陈琢是知道的，要买光碟可不是那么简单的事情，光碟倒用不了多少钱，可播放光碟的影碟机却要花好几百元呢，这贫苦之家上哪去弄那么多钱啊？

陈琢一时陷入了久久的沉默。

为了节约家里的开支，每天吃完晚饭，陈琢一家三口便来到街边的路灯下，父亲陈琢根据买来的书来指导女儿练功，寒来暑往，一晃两年时间过去了，女儿婀娜的舞姿已在脚尖上翩翩起舞，让人叹为观止。

女儿出神入化的美妙舞姿开始吸引了路边的行人，他们开始停下来驻足欣赏，指指点点，议论纷纷，甚至还有人扔下一点零钱后扬长而去。

陈琢的心理受到了极大伤害，显然这些好心人把他们当成要饭的了。

陈琢害怕女儿幼小的心灵受到伤害，被迫将孩子练功的地点改了又改，才换来些许安宁。

“其实，我只想让女儿专心练功，圆她浪漫多彩的芭蕾梦！”陈琢坚定地说。

听着陈琢的话我真有些自惭形秽，偷偷塞进陈琢衣兜里五百元钱就慌忙离去了。

后来，我放弃了做选题的初衷，但还是忍不住把这张令人震撼的练功照片发在了报纸头版的显著位置，照片的下面署名《路灯下的芭蕾》。

仅此而已。我不想让更多的人去惊扰他们的美梦了。

怀念一株稻谷

○李忠元

李响就像失去了亲人一样失落，一整天都阴着一张苦瓜脸，魂不守舍地在楼下墙根处徘徊，着了魔似的。

最初发现这个秘密的还是儿子李默。那天一清早，李默刚要把自己的跑车开出小区，却猛然发现父亲低着头一副失魂落魄的样子，李默不觉就愣住了。父亲这是怎么了？家里这段时间可是一直都平平安安的啊！李默一时百思不得其解。

李默也没太在意，刚搬到楼上才短短半年时间，李默沉浸在乔迁新居的喜悦里，新鲜劲还没过呢！老爹的痛苦到底来自哪里呢？

李默想不通，想不通干脆就别想，坐在副驾驶的老婆，责怪这对父与子有福不会享，把好事都给整纠结了。

李默说，纠结的哪是我啊，你没见爹愁眉紧锁，神色凝重得都能拧出水来吗？

两个人你一言我一语，说着说着小车就冲出了小区，屁股上冒出一股浓浓的黑烟，扬长而去了。

李响眼巴巴地看着儿子的车远去，赶紧又收回视线，东瞅瞅，西瞧瞧，在小区开始了拉网式地搜寻。

小区并不开阔，一楼清一色的车库，在建楼之初开发商曾允诺建花园小区的，可到最后却食言了，整个楼下除了车库，就是一片水泥硬化的空地，连一棵草也没有，光秃秃的，显得毫无生气。

李响所在的小村——长白山脚下的木匠沟被列为新农村建设示范村，去年秋天就开始动工兴建了，四栋八层楼，原来村里的住户都分到了新楼房，喜迁新居，过上了城里人才有的好日子。

可搬入新居的李响却乐呵不起来，他无事可做，整天在小区来回走，总像在寻宝似的。

一天，李响真的发现了个奇迹。他在儿子放车的墙角处发现了一株弱小的稻谷，正以罕见的生机，钻出无比坚硬的水泥裂缝，展示它顽强的生命力。李响像哥伦布发现了新大陆，顿时手舞足蹈起来，冲上楼，提下来一桶水，用心地浇灌起来。

从此，李响像重新拥有了土地一样，心里有了一种归属感，整个人随之精神了百倍，他每天楼上楼下不停地往返，为那株创造着奇迹的生命浇水、施肥、培土，忙得不亦乐乎。看着这株稻谷经过自己精心侍弄茁壮起来，常常忙得满头大汗的李响竟毫无怨言，见有人到他的"试验田"观摩，他的嘴巴会乐得合不拢。

每次侍弄完，李响擦去额头上的汗珠，一屁股坐在这株油绿的稻谷旁，卷起一支蛤蟆烟，望着这棵还算鲜活的生命，优哉游哉地喷云吐雾。抽着抽着，疲劳的李响竟然睡着了，恍恍惚惚，李响仿佛又穿越回了从前的日出而作、男耕女织的农家岁月，置身于一片青葱的稻田，听着一声声蛙鸣，好不惬意！

李响和村里人一样，原来都是纯正的农业户口，虽然每口人仅有三亩多地，但有国家惠农的好政策，连年种高产作物还能多打些粮，多赚些钱，小日子日见起色，倒也过得其乐融融。

可好日子还没过上几天呢，又有人来征地了，村长挨家挨户地撺掇，弄得鸡飞狗跳。木匠沟村的地被统一征走，高价租给一个叫山田的小日本开什么糠醛厂，同时，村上为配合新农村建设又统一规划，国家拿钱补偿建起了新楼房。就这样，民宅和厂房相映成辉，耸入云天，小村路面、地面全部硬化，真的发生了翻天覆地的变化，仿佛一夜之间，农民就与泥土彻底告别了。

农民搬进了新楼，进了工厂当上了工人，可快活只是一会儿的事，还没到三个月呢，细心的人们突然发现，自己日常的饮用水有了问题，水质一天天变黄，味道也不对劲，总有一股刺鼻的味道。

这时，农民才开始觉醒，为自己的生存状况担起忧来，怀念起以前恬适的农家岁月，无比神往。

想起这些，李响就对小日本充满了怨恨，昔日侵华烧杀淫掠，无恶不作，现在他们却没事人似的，堂而皇之地利用中国的土地谋求他们的效益，污染着我们生存的环境！

可提起这，李响也有苦衷，他每次骂小日本时李默都不爱听，儿子说，要不是小日本来这搞开发，你儿子还不是顺着垄沟捡豆包吃，能进工厂当工人？

这年轻的一代啊，为了钱，什么都忘了……

现实总是残酷的。

今早一起来，李响下楼给那株稻谷浇水时，却发现那株自己一直小心呵护的植物不翼而飞了，李响的大脑顷刻一片苍白，额头上急得沁出了细密的汗珠。到底哪去了呢？李响开始打天摸地地寻找，可一直不见那株可爱的绿色生命的踪影。

李响一边想着，一边继续向前搜寻，一直来到了最后这一处角落——那个绿色的垃圾箱跟前。李响惊讶地看到，自己一直精心照料的那株稻谷蔫枯地躺在垃圾箱的一角，肮脏得惨不忍睹。

李响把它拣出来，用水清洗干净，重新栽到那个角落里。这株稻谷任凭李响怎么浇水，干枯的枝叶再也焕发不出一点生机，就像很多生物一样，一旦离开了原来的土壤，生命都会受到威胁！

李响手里紧紧握住那株干枯的稻谷，像失去了亲人一样，顿时跌坐在地，泪如泉涌般倾泻下来……

兔子吃了窝边草

○李忠元

有一只兔子老爱自寻烦恼，整天待着没事胡思乱想。曾几何时，它甚至对先祖遗留下的一条必须遵守的铁律——不吃窝边草，提出过严重质疑。

它敢想，也敢于挑战。

于是，在一个偶然的机会，它睡了懒觉之后感到饥饿难忍，就从窝里钻出来，伸了伸懒腰，看到窝边蒿草丰茂，随风而舞，被诱惑得很是心动，一时竟忘了先祖的古训，倔强地吃起了窝边草。

鹰击长空，例行巡视。鹰及时发现了这一难得的机遇，决心伺机吃掉这只我行我素的兔子。

鹰在上空久久盘旋，鹰并没有贸然行动，因为鹰高高在上，地面的一切尽收眼底，它无意中洞悉了一个天大的秘密，鹰发现了一个猎人正提着一杆枪，向兔子逼近……

鹰感到了恐惧，恐惧并不是来自对那只活蹦乱跳的兔子的担忧，而是自己到嘴的食物像煮熟的鸭子就要飞了，让它沮丧。

可是过了一天又一天，猎人好像没看见兔子一样，根本没有下手的意思，只是按兵不动，蓄势待发。

鹰有些急切了。它盼着吃光了窝边草的兔子走出来，到离窝更远的地方吃草，从而躲开猎人的视线，自己好从容下手。

可等来等去，鹰更加失望了。

不知在哪个夜里，兔子窝边莫名其妙地多了些白菜、胡萝卜，兔子根本不用离开兔窝就可以轻而易举地饱餐一顿又一顿的美食，没了窝边草掩护的兔子窝简直成了兔子的安乐窝。

兔子优哉游哉，过起了安逸而快乐的生活，身体在一天天地发福。

一天又一天，无数美好的时光过去了，鹰很是急切，但它却毫无懈怠，依旧不停地在上空盘旋，寻找机会。

有一天，鹰惊讶地发现：埋伏在暗处的猎人终于手举猎枪瞄准了那只兔子。

鹰开始变得焦躁起来，它想，如果猎人先下手为强，自己的希望就将落空，酝酿多日的美梦就将像炫目的肥皂泡一样随风幻灭。

鹰终于按捺不住了，它决定展开突袭行动，虎口拔牙。

一声呼啸，一霎俯冲，鹰的利爪伸向了兔子。

猎人扣动扳机，枪管里袅娜出一股白烟……

鹰在半空里，挣扎了几下，颓然遁地。

鹰临死前悔悟，为了那点私利，自己还是过于急切了一些。

兔子看着死去的鹰，幸灾乐祸地笑了。

猎人以兔为饵，猎杀了无数只鹰，兔子因此受到了更多礼遇，渐渐地啤酒肚凸现出来，走路明显有些吃力。

兔子面对猎人的枪管，毫无惧色，常常想，有了飞禽谁还会搭理走兽啊？

兔子蜷在安乐窝里享受着它的青春，吃了睡，睡了吃，怡然自得，它为自己曾经断然决定吃了窝边草而庆幸，自鸣得意地每每在梦里笑醒。

它并不知道，猎人正在盘算利用它猎杀多少只鹰后再杀了它，好美餐一顿肥美的兔肉。

有几次，猎人酒醉后曾产生过扣动扳机的冲动。可猎人都及时控制住了自己。他笑了笑，扬起枪管把子弹精准地射向了高空。

猎人说，兔子好像还不够肥吧。

开旅游车的张大个

○骆　驼

说实话，我至今还对云盘梁上的风景记忆犹新。

我在那家市级机关工作的时间不长，但对那里很多人，都极有感情，开旅游车的张大个，就是其中一位。

那时候，我一般在下午下班后，喜欢去云盘梁上转转。云盘梁面积不大，方圆就几公里，但景区环山而建，山路蜿蜒，自然就会有许多电动旅游车代步。

那天，我带着外地同行去云盘梁参观，坐上了张大个的电动旅游车。游毕，我拿出一张百元钞票，张大个说无零钱找，叫我方便时补给他就成。我诧异地看看张大个，当时，我们互不认识。张大个见我诧异，挥挥手说，去吧，我姓张，我知道你在哪里上班。我都放心，你怕啥？陪客人去吧。

我们便这样认识了。

我常常在业余，独自一人拿着书，去云盘梁上读。紧张的机关生活，在这里得到全面放松。张大个有时候会凑过来，随便看看我手里的书，或是与我闲谈一阵。

在闲谈中，我断续得知，张大个叫张志明，以前在一家市级企业的管理科上班，十多年前下岗了。

那时候，我的老婆孩子，还在我以前工作的县城。周末，单位若不放假，我有时候会来到山上，与张大个闲谈。

我感觉张大个这人见多识广，对一事一物，总有自己独到的见解，他认识和分析事物的能力，有时候甚至让我佩服。更有趣的是，张大个与我一样，喜欢在业余喝几杯酒。每次，张大个都要点上几个小炒，点上一瓶白酒，我们共享。饭后，我抢着付钱，张大个总是用他那双有力的大手，将我半道拦下，从衣袋里摸出钱来，付了。

我几次急红了眼，抢着要付账。我总觉得，我好歹一个月有那么多的工资，张大个要靠开电动车养活自己和全家啊。张大个看出了我的心思，说，你孩子还小，用钱的日子还长，省着用吧。你我算是有缘，对吧？有缘人哪里能分彼此呢？我们之间，不谈钱，不谈钱！

饭后，张大个会将手搭在我的肩上，去露天茶摊喝茶，一坐就是一下午。那时，还没有时兴查酒驾，但张大个却说，喝酒不开车，开车不喝酒！

有段时间，我故意躲着张大个，一来老是他付钱喝酒，我心有不安；二来我们中午一喝酒，他一下午都不去开车，会影响他的收入。再就是，我感觉他这人不会过日子，开一天车，满打满算，收入就百把块钱吧？但张大个要抽云烟，软的那种，要喝铁观音茶，小袋装的那种。中午还要炒几个小菜，一天下来，几乎都是倒贴钱。我时常想，他这样上班，如何养家糊口？几次我都想问他，可话到嘴边，又咽下了。

张大个好像看出了我的心思，一天他打电话对我说，中午来一起喝几杯，这次你请客！我爽快前往。那天，我感觉特别愉快。

又一个下午，单位加班。下班后在云盘梁转上一圈后，已是暮色降临。我慢慢往回走，一辆小车停在了我的面前。车上一个声音对我说，上车！我们一起走。我一惊，是张大个。我有些不安地坐上车，才发现这车的豪华。更让我吃惊的是，车上坐的，居然是景区管委会的李主任。李主任我认识,我忙向她打招呼。我疑惑地看看张大个,再看看李主任。张大个笑着说,没事,这是我老婆,一家人。李主任微笑着对我点点头说,我们老张常提起你,感谢你对他的照顾啊。

我不知如何走下车的,矛盾与疑惑占据了我的心。

冬天很快就到了,云盘梁上冰封霜冻,狂风呼叫。我上山去的时间渐渐少了,也很少见到张大个了。我们通过几次电话,张大个说,冬天,他一般不去山上开旅游车。路面太滑,不安全。

后来,我离开了那家市级机关,来到了目前所处的城市。我还是偶尔与张大个互发些短信,以示问候。

前几天,还在那家市级机关工作的一位同事来看我,我问及张大个,同事一脸茫然。我说,就是云盘梁管委会李主任的老公啊,那个在景区开旅游电动车的。

同事一脸惊奇,你认识他?

我说,当然!关系好着呢。

同事说,你小子隐藏得深啊,居然与百万富翁认识!

我忙问,谁是百万富翁?

同事说,你真不知还是装蒜?就是你说的那个张大个啊!

我感觉我快要窒息了。

同事接着说,张大个是一家大公司的老总,总部在成都,在几个市都开了分公司,现在身价恐怕早就过千万了。他与她老婆感情特好,也要感谢网络,感谢现在的办公设施,为了与老婆在一起,张大个白天在景区开电动车打发日子,晚上回去在网上打理公司的事情。

同事感慨地说,张大个的小日子,真他妈牛!

发报员刘菊花

○骆　驼

说实话,我做梦也不会想到,刘菊花会来找我。

就在去年,秋天吧。天空像书上说的那样万里无云。其实,也不知道是多少里无云,因为我的心情好,感觉万里都不够。

刘菊花面带微笑,无数苍老的痕迹,布满了那张当年青春荡漾的脸,那笑容里甚至还有几丝祈求。不敢想象,当年在小镇红极一时的刘菊花,在多年以后,会以如此模样出现在我的面前。

当时,市里正举办一届技能大赛,范围广泛。我负责这次大赛的具体事务。刘菊花来找我,是想参加这届比赛。至今也不知道,刘菊花是如何打听到我的。她甚至还托我的那位在县城某局当副局长的同学为她说情。

我对刘菊花说,只要有技能,谁都可以参加啊。

刘菊花说,我这个技能,你是知道的,十几年前不必说,现在不知道还算不算?

我当然知道。

刘菊花一说,我真的犯难了。我不敢贸然回答她。我告诉她,待我请示相关领导后,再给她答复。但请她一定放心,我会当成自己的事情来办。

刘菊花满怀希望地离开了。

我怎么也难以将刚才这个刘菊花，与当年那位刘菊花联系起来。我需要啰唆几句。刘菊花当年是云盘梁所在的那个小镇邮电所的发报员，她收发电报的技术，在全县范围无人可比。发报间那满壁奖状、锦旗，足以说明一切。“长得像画报上的人儿样”，这是小镇人对她的评价。我还在读小学的时候，刘菊花已经在邮电所发报很多年了。我们常常偷偷地在发报间的窗下，偷听她发报。她把“1”不读成一，要读成“幺”；“7”不读成七，要读成“拐”；“0”不读成零，要读成“洞”……当她读出这些令我们无比兴奋的音调时，我们便一遍又一遍地跟着她小声地念，然后便捂着嘴，窃窃地笑。她的嗓音惊人的动听，我们认为，远比县广播电台的女播音员的声音动人。我们常常听着听着就忘记了回家，直到她下班出来，对我们一声吼，我们才鸟兽般散去，意犹未尽。

而今，我在给朋友报手机号码的时候，都难以改变对那几个数字的读法。

我将刘菊花准备参赛的事情汇报后，领导们也十分为难。领导说，电报退出通讯舞台好多年了，新的一代人，谁知道什么叫电报啊！这次，连打算盘都不在此列，电报就更不能算了。

我不知如何答复刘菊花。我的眼前，老是闪现出她当年的模样，老是闪现出她前几天报名参赛时那双期盼的眼睛。

我把情况告诉了我的那位副局长同学，同学在电话里半天没有做声。他长长地叹了一口气，对我讲述了刘菊花的一些情况。

电报业务退出通讯舞台后，刘菊花便被调到另外一个小镇任收发员。每天面对一大堆报刊信件，刘菊花很快就觉得索然无味。她常常在下班之后，一个人戴上耳机，很认真地演练收报或发报，几乎到了忘我的境界。小镇邮电所的领导怕这样长期下去会出事，便向县局领导做了汇报。领导们商议后，将她调回县城，提前办理了退休手续。

退下来的刘菊花，表现日渐怪异。常常独自静坐，对着自己那些发报工具发呆。她时常自言自语地背诵电报内容，说出来的全是数字，没有几个人能够听懂。她甚至将报纸上或者书上的文章，翻译成电报，一个人默默地背诵，默默地收发。她常常对人说，她这样一手好技能，就这样废了，她不甘心。

大家都认为，刘菊花算是被她的特长毁了。

同学告诉我，这次一定要想法救救她，让她展示一下技能，说不定可以改变她的病态。

我再次向领导提出这事，结果可想而知。

我在焦虑不安中度过了一段时日。

某天，在与市电视台的一位当编导的朋友喝酒聊天时，我茅塞顿开。我当即与他商定，让刘菊花参加他主导的《梨州奇人》节目。

没想到，刘菊花在电视节目录制现场，表现得那么出人意料。我的那位编导朋友说，这是他编导生涯十几年来，看到的为数不多的奇人。刘菊花天生就是一位搞表演的料子，可惜发现得太晚了。她的镇定自若，简直是与生俱来！我要对她进行包装，让她快速红起来！我的那位编导朋友慷慨激昂地对我说。

果然就红了。

刘菊花的节目在市台播出后，反响强烈。人们对刘菊花对数字的超强记忆能力，极为佩服。刘菊花很快就成了名人。

后来，在我的那位编导朋友的努力下，刘菊花又多次参加了省、市电视台的娱乐节目。

刘菊花在电视里表现依然那么镇定自若：她转过身去，短暂地看一下背后大屏幕上一长串数字，然后，面对观众，一字不差地背出。

在聚光灯下，在阵阵掌声里，我仿佛又看到了当年的刘菊花，坐在小镇那个简陋的发报间里,美丽动人的样子。

美中不足的是,无论编导们怎么引导,刘菊花始终改不了那唯一的缺点,她始终把“1”读成“幺”,把“7”念成“拐”……

采访江秀琴

○骆　驼

这条路,走了多少回了?让我算算,这前前后后,应该是七回了吧。

每往返一次,我的心,都如尖刀划过……

虽然那场巨大的灾难离我们远去,但留在心底的伤痛,呈现在眼前的现实,是无法与时间同步,慢慢消去的。

前往汶川的路上,我不止一次地问自己,现在,她过得好么?她的生活,是不是真的像电视里说的那样,充满了阳光与欢笑?

我说的她,叫江秀琴,是汶川某单位职工,地震后4天获救。她的丈夫、姐姐、母亲,全部在地震中遇难。这个坚强的女人,依靠一小瓶藿香正气水,顽强地活了四天!人们救出她时,她手里还紧紧地攥着还有半瓶液体的药瓶!

就此打住,说正事。单位头儿知道后,要我快速出击,搞到第一手新闻资料。我便在2008年5月的某一天,信心百倍地踏上征程。

现在回想起来,在2008年,中国的媒体的功能,是多么地强大!各类媒体纷纷拥向四川,拥向各大灾区。作为地方报刊,要在当时顺利采访,是多么地艰难!不过,我还是通过当地的朋友,顺利地见到了江秀琴。

面前坐着的，是怎样一个弱不禁风的女子啊。瘦小的身材，消瘦的脸庞。也许是年纪相近，加之我这人长得比较容易让人产生悲情的缘故吧，江秀琴没有说几句话，就已经满面是泪了。

我默默地为她递上卫生纸，她默默地接过，但我很快发现，那么多的卫生纸，都不能挡住她的泪流。她的每一次述说，都是肝肠寸断，每一次哭泣，都是撕心裂肺！

我说，我们休息一下吧，她看了看我，没有语言，但我读懂了她眼里满含的感激之情！

我故意岔开话题，谈了一些与地震无关的事。慢慢地，她的心情便平静下来。我们便接着谈。这时，江秀琴单位的领导在门口探了探头，对我说，能不能快一点哦，会议室还有好几个记者等着要采访她呢。虽然才中午 11 点，但江秀琴告诉我，今天，我已经是第 11 个采访她的人了。我一惊，忙问她，每天都这样么？江秀琴说，是的。昨天二十多个，前天三十多个，今天啊，不知道会有多少个哦。江秀琴接着说，没有办法啊，这是单位安排的工作啊！我的心一下子狂躁起来，不知道是悲痛、同情、理解，还是失落、无助、后悔。我起身给她倒了一杯水，她有些不好意思，感激地接下，说该我给你倒啊，你是客人。我说，不要客气。我转身站到窗前，想努力使自己的心情平静下来。

我说，这样吧，你将自己所有的关于地震的事情，全部讲给我，我保证，以后，在一般情况下，你再也不会像前几天这样过了！江秀琴半信半疑地看着我，再次开始了她的讲述。

前几天，我在电视里看到了满面阳光的江秀琴，她的精神比我想象中的还要好，电视画面上呈现了她的工作和生活画面，我还看到了她的父亲、女儿。于是我便产生了前往看她的念头。

我很快就见到了江秀琴。见到我时，她自然先是一惊。当我问她这一年生活得怎样时，她突然转过身去，偷偷地抹泪。我的心降到了冰点。看来，我们的所谓新闻，在这次报道中，依然只是注重了表象。

江秀琴突然转过身来，一把握住了我的手，我明显感到，这只小手，是多么的用力在握。她浑身颤抖，无论怎么努力，都难以平静。

我不知所措。此时才深深感到，男人，有时候也是多么无助！

终于，江秀琴平静下来，说，这几个月，我一直在托人找你，但是，都没有音讯。没有想到，真的没有想到，今天居然在这里见到了。

江秀琴对我说，要不是你，我不知道能不能活到今天！真的！

我说，没有什么，应该的。我问她，前几天的那个采访你的电视节目，你看了吗？

她高兴地说，看了，看了啊。我还向采访我的电视台记者打听过你呢，我还托过他们帮我打听你呢。江秀琴有些后悔地说，采访我那天，我怎么会忘记了找你要张名片呢？

随即，江秀琴便硬要我去看看他们一家新的住处，还说，必须要到她家去吃顿午饭，她的父亲、女儿，都想当面感谢我这个恩人呢。

我的心，不安起来。

或许，朋友你现在也会心生疑惑地对我说，你并没有帮助过人家啊？哪里谈得上恩人呢？

是的！我也这样想。

其实，我只是在采访完江秀琴的当天下午，就起草了一份关于江秀琴地震遭遇的介绍材料，详细介绍了前后的一切。然后，我跑到当地的文印店，打印了几百份，送给了江秀琴。并对她单位的领导，提出了非分要求：以后，无论谁要采访江秀琴，请不要通知她本人，将这份材料交给来者，就行了，在短时间内，请不要再让她一遍遍讲述她在地震中的遭遇了！

事情就是这么简单。

姐姐的描红课

○庞余亮

姐姐大我四岁，像我姐姐这么大岁数的人很少有不识字的，可是姐姐不识字。其实姐姐上过学，但是她不识字。据她说，不识字的原因怪她一年级时的先生，那先生对她太狠，还有那堂让她终生难忘的描红课。

姐姐胆子很大，她可以捉螃蟹逮蛇，可以天不亮时走过乱坟堆，可她最怕笔这种东西，铅笔、钢笔、圆珠笔，都怕得很。对于毛笔，姐姐更是害怕，她真是无法征服一点也不听话的毛笔，可是那天偏偏上的是描红课，先生的意思是一定要把毛笔上的墨水描在描红本上的红字里。本来做芦席打毛线衣非常灵活的姐姐就是弄不好小小的毛笔，手总是抖个不停，结果她把墨水弄到了红字的外面，先生对于这样的错误已经强调过好几次了，生气的先生顺手就给了我姐姐一顿“毛栗子”。姐姐没有哭，而是等先生走后用毛笔把作业本上的描红全都涂黑了，交了上去。此后就再也没有进过学校。她渴望了那么多年的上学梦就这样被先生粗暴的教育方式阻断了。

现在看起来，姐姐辍学的真正原因是当时她回家后干的活儿太重了，她上一年级的时候已经是十虚岁了，父母亲给她的任务是每天上学前要做好两张芦席，中午放学再做两张，晚上放学再做两张，此外还要洗衣、担水，做其他杂七杂八的家务。至于做芦席前的准备工作也是她自己，用铡刀给芦苇去头，用小抽钩给芦苇开膛，然后用石磙把芦苇碾熟，还要给碾熟的芦苇剥去苇衣。在这其中，碾芦苇可以说是最难，因为每家都要做这样的活计，天不亮的时候打谷场上抢石磙的事件常有发生。力气小的姐姐经常要和别人打架才能得到石磙。疲惫的姐姐就是这样开始她短暂的学生生涯的。一个十岁的女孩，能有几只手来对付这一天的任务？难怪她那么害怕小小的毛笔，也难怪她不想再上学了。

她和她的那一批不上学的伙伴就到生产队里挣工分了，当然每天还要做芦席的。做完了芦席就可以出去玩一玩，疯一疯。她们这些还处在花样年华的小姑娘喜欢堆在一起玩，在正月里看新嫁娘。二月里看公社里的宣传队。三月里筛着准备给秧池用的酥泥的同时戴起了初开的菜花。四月的艳阳下给棉花打钵。五月里像一个“巴虎子”割麦。六月里栽秧把手指都磨烂了。七月里躲到茄子丛里看巧云。八月里用凤仙花染指甲。九月里用绳子给稻子授粉。十月里踩着自己干在稻田里的脚印割稻。还要在冬月的泥水里栽菜。在腊月的忙年空闲里去请一下“灰堆姑娘”。不识字的姐姐是我们生产队里有名的快手，走路快，割麦快，栽秧快，就连说话也快。有时候她说得快起来，外地人根本听不懂，南京来的女知青说姐姐说的是外国话。

姐姐对于她不识字似乎也没有什么遗憾，而对于我，则是例外。我是六岁开始上一年级的，几乎是年年都要得三好学生奖状。我姐姐是非常自豪的。她的一个伙伴的弟弟和我同学，有一次，人家当着她和我姐姐的面夸起了我“吃字”，那个特别“护”弟弟的伙伴就猜疑说学校的先生和我哥哥是朋友，是“照顾的”。为了这句没有理由的猜测，姐姐就毅然和那个玩得非常好的伙伴闹翻了好一段时间。她的意思是“人怎么可以睁着眼睛说瞎话”呢。

姐姐做的芦席后来就被父亲拿到窑场上换了砖头。这些用一张张芦席换来的一堆堆砖头后来就砌了两间瓦房。父亲说,这是为我将来讨老婆砌的。我后来因为上高中、上大学,离开了家乡,而姐姐就为这两间至今还闲置在老家的瓦房而没有能够识上字。我在扬州上大学的时候,接到了家里的一封信,说是姐姐定亲了,过了年就出嫁了,当然是包办的,信上还对我说明了这次向男方要了多少彩礼。我当时愣了半天,姐姐都要出嫁了,我怎么也想不出姐姐做新嫁娘的样子。

姐夫是本村的。在这件事情上可以看出我父母的私心。因为将来父母老了,女儿总是比儿子更能够细心照顾他们。这就像毕飞宇在小说《玉米》中说的,父母所说的手心是肉,手背也是肉,其实是错误的,手背上没有肉,真正有肉的是手心。这是多子女家庭为人父母者的做法,总是不会公平的,总是不会一碗水端平的。好在姐姐很知足,她从来没有就不让她上学的事怪过父母。只是偶尔说到那堂描红课,姐姐会自嘲地说,如果那堂课描好了,说不定我能做一个会计的。有一段时间,姐姐最大的理想就是做一个女会计。

姐姐越来越像一个普通的农村妇女了,有点像我母亲了,她和母亲不同的是,她喜欢看电视,她说起电视上的故事也说得头头是道。还能够打麻将,打起麻将来还能够赢钱,农闲的时候会一直打上一天。而我对于她不识字的事也不再有什么感觉了。生活和时间,就这样磨砺着我们生命中的一切,再顽固的事物和想法都会被它们磨成灰尘,然后顺流而下,包括姐姐念念不忘的那堂描红课。

那一天晚上,我正在外面和一群朋友一起吃饭,突然我的手机响了,是姐夫的电话。我以为有什么事情,姐夫说,你姐姐正在哭呢。我还以为是姐夫和姐姐吵架了,或者又是其他的什么原因。姐夫告诉我,是由于我的原因。我吓了一跳,然后再问,原来是由于我的那篇纪念母亲病逝的文章。姐夫看到了这篇文章,告诉了姐姐,不识字的姐姐非要姐夫读给她听，读到一半，姐姐哭开了，等姐夫把一篇文章读完了，姐姐顿时就大哭了起来。

我叫姐姐接电话，姐夫把手机给了姐姐，姐姐没有说话，还在抽泣，刚从丧母的疼痛中缓过来的我面对满桌子的杯盏顿时羞愧起来。那羞愧还伴随着越来越重的疼痛。我想起了不识字的姐姐在母亲的灵前痛哭的样子，她的哭声已经嘶哑，可她依旧痛哭。父亲早在九年前去世，家里还有一个可以说说话、可以照顾一下的母亲，而母亲一去世，姐姐经常回的娘家只好锁着门了。不识字的姐姐是在哭母亲，哭她自己，还有那堂无法完成的描红课。

第一堂公开课

○庞余亮

本来我不喜欢上这堂公开课的。我一直认为公开课是一种形式主义。可这节公开观摩课不同,公开课是校长到乡教办室千方百计争取过来的。听课对象主要是领导,我们校长的意思是通过公开课,使我们学校年终多分得几个优秀教师指标,从而为我们学校的老民办在每年的“转正大战”中争取一些分数。校长讲话真是能拿住人,他不说为我好,也不说为他好,而是为了我的老同事。我没有理由不答应。校长说,好好准备,争取最佳效果。

公开课不仅需要好的讲技,还需要选课技巧。比如一些比较枯燥的课讲来就有事倍功半的味道——因为教师讲得吃力,学生配合得也吃力。没办法,考虑到我们班学生的学习水平,我特地调整了我的教学进度,把最适合我们班的一课留到了公开课来讲。校长还让总务主任配合我,总务主任新做了一个小黑板,刷了黑漆,还找了一根钉子钉到我们班黑板的上方,以方便挂小黑板。另外,又找了一些彩色粉笔做线条。我还油印一份当堂的练习题。

可以这么说,为了这堂公开课,我已经使出了浑身的解数。学生们知道了兴奋起来,又多了些胆怯,课堂上纷纷改说普通话,下了课他们也逼着自己说普通话。

校长对此还不放心,他先是让我面对他以及其他老教师试讲了一遍。试讲时由于没有学生(尽管校长他们每人手里一本课本,他说你就把我当作你的学生),我很紧张,几处都出了差错。校长很不满意,所以我又试讲了一遍,我那几天连梦里都在试讲,讲得慢性咽喉炎又发作了,只好拼命地泡胖大海,为了恢复得快,我几颗胖大海一起泡,结果整只茶杯里都是胖大海黑乎乎的忧虑。

我的试讲终于通过了。但领导什么时候来又成了问题。校长说,最好模拟练习一下,让学生与我一起上这堂课,真刀实枪地干。我不同意,这不符合教学规律。校长说,还是不打无准备之仗好,你还年轻,很有前途。结果,我只好来到我们班上这堂准备给外面领导讲的课。令我想不到的是,这堂课是我最成功的一节公开课。我讲得顺,学生配合得好。校长也满意,就这么讲,就这么讲。是的,我已经这么讲了。领导不来,我又不知道能不能把新课往下讲。我问校长怎么办(我已怀疑我们的校长又一次拿着鸡毛当令箭了)?校长说不能往下教,那些听课的会看学生的书,新课上了,书上会有记号的,那些学生会手痒痒鬼画符的,一旦发现,不就前功尽弃了吗。

学生们不知道,他们以为开完了公开课,又恢复了顺耳的乡音。为了不泄气,我只好红着脸向学生们讲述我上次公开课是一种"演习",真正的公开课还没到来呢。学生问什么时候到来。我用了一个外交辞令,在该来的时候来。学生们又说起了普通话。学生们说得直喊舌头都翘痛了。

公开课还是举行了。为了不露出破绽,校长还教了一个绝招儿,回答问题先用班上最差的学生回答。答不出来正好请好的学生答。可那堂课已经讲过了,表现最差的学生都会答问题,流畅得令我都紧张起来了,说错了几个字。精心设计的授课内容一下子讲完了。好在有一份课堂练习,只好讲练结合——竟误打误撞地成就了这堂公开课。

听着领导们的表扬，再看看孩子们，我有点愧对，我把虚伪教给了他们。校长好像知道了我的情绪，就说小先生你真是还没长大呢。我一听，委屈的泪水就流出来了，我的舌头还把泪水接住了，我满嘴的苦涩。这是我工作第一年开的第一堂公开课，在以后的多少年，我不知开了多少堂！不过每次我心里都很慌，有点虚，尤其是那么多亮晶晶的眼睛看着我（他们比平时上课坐得正，也聚精会神），紧张感总是抓住我。校长有点不明白，你已不是小先生了，你是老先生了，还紧张。我没有回答他，倒是总务主任说，小先生一紧张反而不显得假呢。

是不是像总务主任所说的？我不知道。

月亮田在左，鸡汤在右

〇庞余亮

女人情绪不好，世界就会变颜色。

这是真理。女诗人安情绪不好，一群诗人的李庄之行就成了黑白色。

什么也提不起安的兴趣——在安的心目中，李庄镇上那些什么抗战时期的大学城，什么同济大学的旧址，都是浮云。

安最想去的地方是“梁林旧居”。在去李庄的车上，安就宣布了，李庄最好看的地方是“梁林旧居”。安说得很自信，仿佛她已经来过好多遍。

其实，安没有来过四川，更没有来过李庄。

安只是在电视上看过一个纪录片，介绍梁思成和林徽因，还有中国营造学社。

但“梁林旧居”并不在镇上，而是在距李庄镇三里之外的月亮田（小导游也不知道，是男诗人宏去居民家打听出来的）。

月亮田，多么有诗意的名字，然而，却名不副实。镇上是石板路，从一家畜牧兽医站拐向月亮田的路却是土路，夜里刚刚下了雨，很难走。小路边有大耳朵的芋头，有歪脑袋的耕牛，有味道丰富的粪坑，还有三三两两散步的鸡群。诗人们蹦蹦跳跳地去问正在田里劳作的乡亲，乡亲们都说他们没走错路，可诗人们总是怀疑自己走错了。

待安的高跟鞋变成两只泥乌龟，“梁林旧居”出现了。

旧居在一群苦竹的拥护之下，门口的牌却很显赫：中国营造学社，梁林旧居，全国重点文物保护单位。墙是黏土泥就。“梁林旧居”就像一座保护得很不好的民居。

宏感慨地说，做过老师的人肯定要羡慕梁思成，如果没有他的好学生罗哲文，“梁林旧居”肯定是无法恢复的，更是无法成为全国重点文物保护单位的。

安却着急起来，男人和女人就是不一样。而“梁林旧居”的门紧关着呢。

你敲门吧，宏对安说，说不定林徽因会开门的。也有可能是梁思成。

安说，也有可能是……王世襄呢。

那更好，宏说，顺便拜他做老师。将来你不要写诗了，做文物专家吧，一个鉴定就能够赚到一辈子的钱。

钱！安却无端大了嗓门，你就知道钱！

过了一会儿，有人出来开门了，当然不是梁思成，也不是林徽因，是一个脾气很不好的独眼老妇人。她堵在门里面，很不客气，不让他们进去，说是要买票。

票当然得买，可应该有东西可看，但里面除了一些照片，什么也没有。真是人去室空。

安很失望。

宏问安这里面应该有什么。

安说不出来。

宏对安说，其实，这里能有所房子就不简单了。待月亮升上来，这里就是月亮田。梁思成在教学生，林徽因在做饭，柴火都是湿的，浓烟把梁思成和学生罗哲文都呛出了眼泪……

安以为宏说的是典故，问，真的假的？

人生的故事哪里经得起复印？离开“梁林旧居”，安明显地情绪低落。

回到李庄镇，吃午饭了，桌上恰巧有一碗鸡汤。

宏问店老板，这鸡就是李庄的土鸡吗？

店老板立即肯定地说，整个李庄想找一只外来的鸡还找不到呢。

宏说，太好了，我到李庄并不是想看“梁林旧居”，而是为了喝上一碗鸡汤。

安很奇怪，问为什么。

为什么？宏说，这是一碗和林徽因有关的鸡汤呢。

提到林徽因，安有了兴致。宏就跟安讲，“梁林旧居”里最起码应该有鸡，一群金岳霖饲养的鸡。

早年的时候，林徽因曾送了只公鸡给金岳霖。这也是金岳霖最喜欢饲养公鸡的原因。再后来，金岳霖听说林徽因在月亮田生了肺病，有两次从西南联大赶到李庄看望、照顾林徽因。金岳霖没有带着他的公鸡过来，但他从李庄的农户手里购得了鸡雏，慢慢养大。后来，那些被哲学家饲养的鸡都变成了林徽因手中的鸡汤，都是老金为林徽因所炖的鸡汤。

你有什么失望的？宏对安说，金岳霖养的鸡后来就留下了几只，再后来，它们的子女就在月亮田繁衍……这碗鸡汤，你一定得喝。

一口气把一碗鸡汤喝完，安满眼噙泪。

安给宏说了一个无望的爱情故事，还没有讲完，安就泪流满面。

宏和一群男诗人无语，什么话也不好说了。

恰巧，小店外面传来了一声鸡鸣。

鸡鸣声很长，长得像一个破折号。

那是留给雀子过冬的

○何　晓

这个地方是古城西边的张家小院。

小院里有两棵树，一棵是海棠树，另一棵是柿子树。

海棠是百年贴梗海棠，嶙峋的干傲立在用汉砖砌成的花台上，花台在天井里，海棠的枝任性地铺满了整个天井。虽然在天井和街道之间，有两道大门和一间门厅，但过路的人还是一眼就能穿过这两扇开着的厚重的门，看到海棠树上吊满了木瓜一样的果，闻到空气中浓郁的苹果味一样的香。

柿子树的年龄就更长了，树干粗得可以任由一个五六岁的孩子躲在后面藏猫猫——当然，这只是比喻，怎么会有孩子来这里玩游戏呢？这里是后花园，平常时候，没有熟人引见，树的主人是不会随便让人进来的。柿子树上挂着灯笼一样的果，果子高高的密密的。香气嘛，因为树太高，站在地上的人很不容易闻到。

古城的三千多株名木古树，大都藏在深山古庙里，唯有这两株，张扬地俯瞰着闹市，一副宠辱不惊的样子。就是关于闹市里的这两株树，古城有一句传了几辈人的歇后语：张家院儿的果木子——俏货。

很少有人能拒绝这两棵传奇名木的诱惑，他们总是好奇地进去并在树下站很久，看主人小心地登上人字木梯给邻居摘一个两个海棠做药引，听他严厉地吩咐客人注意不要踩了刚从树上落下的柿子。

很久之后，他们中有人满怀敬意地悄然离开了，也有人急切地想问个明白：“为什么一树好柿子竟不摘啊？”主人的一句“没啥，不想摘”，像禅机一样让人捉摸不透。

于是，就有人去问张家小院的常客、从文物管理所退下来的文物专家老宋，他可是啥都知道的哟。老宋听了，只是笑，却不答。问得紧了，他就说，你晓得，我也有好久没去张家小院了。众人一打听，原来老宋近来喜欢上了摄影，而且专门拍雀子。

大家都不明白，可老宋心里明白着哩。

老宋是张伯的茶友。两人前几十年泡茶馆，后十来年懒得跑了，就把“据点”定在小院里。他们喝茶的时候和其他茶客不一样：人家热热闹闹，高谈阔论，他们却像两个闷葫芦，无声息的，喝茶倒水全凭心领神会。偶尔有几句话，也是关于那两棵树的。

春天，有整整三个多月的时间，他们坐在天井里的海棠树下，看海棠花像火苗一样绽放成一团火球，牵住所有过往行人的眼睛；夏天的时候，他们在天井旁的街沿上，看海棠花落，看海棠的叶子变着花样地绿，看米粒一样的果子一天一天长大；秋天的时候，他们把据点搬到后花园，花园中央是柿子树，东面是走廊，其他三面是梯形花台，花台上摆了近千件盆栽。在树下有一张小几两张躺椅，都是明朝的，家传的。几上的茶具和烟灰缸，都是清朝的，自然也是家传的。然后半躺半坐，看满树的柿子一个一个地转黄，看雀子一只一只地飞来；冬天，依然是一样的桌椅一样的茶具，但却必须搬到走廊里，因为雀子多起来了，雀子粪就下雨似的往下落。

老宋最后一次去小院那天是十月底。还只是深秋，但雀子已经很多了，老宋和张伯不得已只能提前到走廊里来喝茶。

老宋说：有 203 只。

张伯说：十姐妹来了，你眼睛不好，没看到。

十姐妹是一种只有拇指大的雀子，喜欢成群结队地飞来飞去，停在高高的枝上，很容易被忽视。

张伯说：我要把西北角的花送出去，你有没有朋友要？

老宋说：那是你儿子专门给你栽的，红唇碧玉兰、夏素、白花春剑……都是名品哟。

张伯说：我要栽一丛竹子。这城里雀子能歇脚的地方不多了。

老宋说：你们张家一辈比一辈固执。

老宋于是就走出了张家小院，再没回去过。从那之后的整个冬天，他都在小院旁边的中天楼上喝茶。中天楼高出四周的民居一大截，隔着十几米，正好可以看到张家小院里的那棵柿子树。老宋每天从早到晚地守在楼上，怀里抱个长镜头照相机，翻来覆去地给那棵柿子树拍照。有人把这事说给张伯听，张伯听了，一句话都不说。

来年立春那天，在古城的广场上，一下子摆出了一百多张巨幅照片，照片上只有结着果子的树和树上的雀子。这是古城有史以来举办得最成功的一次影展，不仅古城的人来看、市上的人来看、省上的人来看，连中央电视台《人与自然》栏目的那个漂亮女主持人都来了。女主持人要采访摄影师老宋，老宋却要求人家把镜头对准照片上的柿树和照片旁的解说：树上的果子是留给雀子过冬的。

古城人好像解开了一道谜，却又好像面临更多的谜团，对张家小院的敬重里，多了几分亲近。

卖报纸的吴更

○何　晓

吴更去孙伯那里拿报纸的时候，孙伯的老花眼镜差点掉到地上：吴……更，你啥时候从成都回来的？你们特教校（特殊教育学校）那个体育老师，就是戴老师，早晨打电话通知我看电视的时候，还说你怕是要在成都耍几天哩。吴更说：回来有好一阵了，我先回家去洗了澡，然后才来你这里的。吴更把报纸拿上走出老远了，孙伯还没缓过神，他摸着自己的脑门说：特运会还没结束呢，他咋就回来了？

难怪孙伯意外，他是上午十点多看的吴更得铅球冠军的实况转播，这才过了六个小时，吴更竟赶回来卖报纸了！从成都到古城，路上也得要三个多小时吧？这孩子！还有啊，听说得了金牌政府是要发奖金的哩！

孙伯想问奖金的事，可探头一看，吴更已经走出大门了，上了张飞大道。

吴更如果定定地站着，一般人还真看不出他有多大的毛病，不过就是脖子硬硬的头有些向左偏。可他一说话，嘴就会习惯性地向右扯，说一句话，要扯好几下。他迈步的时候，上身还会明显地往前倾，每走一步都让旁观者觉得他会栽倒。吴更的妈妈常爱对人说：我们家吴更啊，小时候别提有多聪明了，也不知道咋的，抽风就抽成这样了。

有整整九年时间，吴更每天都要横穿全城去特教校上学，毕业后，他又满城跑着卖报，所以啊，十几年来，古城人早就习惯了听吴更像这样说话，看吴更像这样走路，至于他小时候的样子，大家倒是很少过问。

一路都有人买报，吴更在大街上走走停停，一会儿到了邮局门口，还是不停地有人买报。吴更很快把钱收了，想穿过马路到对面去。偏偏这个时候红灯亮了，吴更只得紧张地站在街边等着。虽然他尽量往人群里躲，但还是被那个从邮局旁的巧巧美发厅里跑出的女孩看见了。女孩轻盈地过来，手里舞着一张钞票，甜甜地说：吴更，买五块钱的报纸。吴更拿了最新的报纸给她。女孩说：没有昨天的呀？哦，我忘了，昨天你在成都哩。祝贺啊！吴更不好意思地点着头，看绿灯亮了，慌忙跟着人流上了斑马线。吴更也记不得是从啥时候开始，这个女孩每天都要在自己手里买五块钱的报纸，说是送给客人看的，即使旧的也没关系。但吴更每次从她手里接过钱的时候，心里都很慌，觉得人家是因为看见了他走路的样子才一次买那么多，所以，他总想在卖报的时候把背挺直一点。

马路这边是全市最大的口水族火锅城，足足占了半条街。天还没黑，火锅城门口的霓虹灯就亮了，照得进进出出的人个个满脸通红。吴更一进去，就听到靠左边有人喊：来一份《华西都市报》！吴更朝那人走去，刚抬脚，衣裳却被人拉住了：哎呀，这不是吴更吗？当了冠军还卖报？我今天要在冠军手上买张报看看！吴更才把这份报纸卖了，刚抬脚，衣裳又被拉住了……从口水族出来的时候，吴更手上的报纸已经没有几份了，往天遇到这种情况，他就会回孙伯那里去再拿些报纸来卖。可今天是个不寻常的日子哩。吴更看看天色，正犹豫是继续把报纸卖完呢，还是提前回家，一辆人力三轮车“呼”地停在了他面前。吴更一见，欢喜得把车龙头摇得“哐当哐当”直响。吴大汉轻轻拍着他的肩膀说：儿子，今天爸爸带你回家，你妈妈怕是早把夜宵给我们爷儿俩准备好了哟。吴更不依:哪有老子蹬车儿子坐的道理嘛,还是我来蹬。吴大汉于是下车来帮吴更把报纸拿着,看儿子兴致勃勃地坐了上去。这时,有人隔着老远招呼:三轮,去广场!吴更扬扬手,大声回答:对不起了,我们要回家喽!

爷俩才进院门,就听到吴更的妈妈在抱怨:喊他们不要出去,硬是不听,答应了早点回来,现在都还不见人影子,失礼得很,让老师久等了。

吴更听见这话,一下子从三轮车上跳下来就往屋里跑,边跑边喊:妈妈呀,是不是戴老师来了?话音没落,他已经站在自家客厅里了。吴更从领奖杯的那一刻开始一直到刚才,都没有哭,但此刻面对老师,他的泪却像不受控制了似的,哗啦哗啦地直往下淌,因为他听到老师正在对他的妈妈说:

我原来最担心他出去跑了一趟,就不晓得自己该做啥了,现在看来,他却比我们这些健康的人还想得透彻啊!

小城诗人

○何　晓

诗神是一个隐士，一般住在大城市里，但偶尔也到偏远的地方旅游或散心。在中国西南部的崇山峻岭中，有一座非常非常古老的小城市，流传着许多奇特的童话、神话和传说，当诗神路过那儿时，就忍不住留宿了一夜。

诗神那一晚住在城西嘉陵江畔的一栋旧房屋里。这房屋原是一座大丝绸厂的职工宿舍，因为工厂的工人全是20世纪60年代从上海迁来的，前两年又全部搬到成都去了，所以，当时那里有大片大片的房屋既没人住又没人管，沿墙的蔷薇花、月季花、夹竹桃便疯长起来，几乎封住了所有的门窗，但诗神还是从两株尚未合拢的夹竹桃之间走进了其中一套，并使之成为诗的世界。

月亮升起来，一个影子也从那两株夹竹桃之间伸进了诗神的房间。诗神一眼望去，月光下，一个十五六岁的女孩正坐在房前嘉陵江边一头石牛的背上打瞌睡。

女孩家住嘉陵江对岸，因母亲早丧，家境贫寒，初中毕业后就辍学回家，帮助父亲支撑门户、抚养弟弟妹妹。女孩没有本钱没有手艺也没有劳力，除了做农活之外，唯一的赚钱门道就是养蚕。这天，她就是进城来卖茧子的。她多想用卖茧子的钱买本书看啊！可她不能，她用微薄的收入为父亲买了一盒廉价烟，为妹妹买了一双袜子，为弟弟买了一支钢笔，再给家里添置了一口新的大铁锅——旧锅年前就有了裂缝，每次煮猪食都只能添半锅水。等她把这些东西全买齐了才赶出城时，渡口已没有船了。女孩在城里没有亲戚，更没有钱去住旅馆，只得在江边过夜。她太累了，很快就抱着背篓睡着了。但她的影子却醒着，而且进入了诗神的房间。

诗神以她圣洁的光芒沐浴着影子，使影子有了诗的灵魂，能看到女孩看不到的色泽与梦幻。

第二天清晨，当女孩背起背篓要去赶第一班渡船时，影子却再也不愿跟她回乡下去了。女孩在天空泛白时走过柳树林，在朝霞中走过芦苇荡。柳枝和芦苇的影子粘在她湿漉漉的布鞋底子上，但她太匆忙了，根本无暇顾及自己是否带着影子。而她的影子此时却来到小城中心的商场里，挑选了一套时装穿在身上，并在试装镜前反复地走来走去，模仿诗神的神态和语态，直到她确认任何人都不会把她当成那个女孩时，才自信地步入了小城的人流。

影子有诗神赋予的灵魂，她知道什么地方诗的气味最浓，所以，她直接来到了小城的文联大院。她与文联主席谈诗，令主席拍案直呼：神童！神童！主席立即让她执教文联举办的“诗歌创作培训班”。培训班原本只有几个学员，影子来了之后，学员猛增，本地的学员教室里已经坐不下了，外地的学员还在慕名而至。于是，主席决定办函授，以解决学员多、人手少、场地小的问题。

影子的诗首首在小城传诵，那些句子简直就是最直接的大自然的精华，人人都能读懂、人人读后都会惊叹：啊！啊！但那些诗却没有一首是写城市的。人们在读了影子的第三十首诗之后，就开始相互询问：不是说诗来源于生活吗？为什么诗人生活在城里，写的却全是乡村呢？主席也这样问影子。影子说：因为我熟悉乡村、我只能看到乡村呀！于是，主席便以文人的浪漫想象影子能通过街心的草坪看到幽谷的兰花、通过盆栽的水仙看到农家的菜园、通过香甜的米饭看到天边的稻田……主席兴味甚浓，为此特地写了一篇震惊诗坛的评论，并引发了一场全国性的大讨论。

影子从这件事情上认识到：她的诗应该从农村走向小城了。然而，她的灵魂只能提炼那女孩的生活，因为她毕竟只是女孩的影子呀！影子决定到乡下去，利用自己已有的名声和地位，使女孩离开农村，到城里来生活。

影子走出文联大院，招呼了一辆出租车，直奔渡口。途中，她看到原来蹲着石牛的地方，已成了一片废墟，她和诗神相处过的房屋也因为修滨江路而被拆掉了。影子过了河，来到女孩所在的小山村，向路人打听女孩在哪里。人们说到女孩，全都露出鄙夷的神情，像在说一具行尸走肉，就连女孩的父亲和弟弟妹妹也不例外——他们说，女孩前段日子把影子弄丢了，没有影子了，还能算是正常人吗？

影子来到田野里，看到女孩正像农夫一样在赶着牛犁地。已近正午的阳光下，牛、犁头、鞭子都有影子，唯独女孩没有。影子喊了一声女孩。女孩迟疑了一会儿，侧过头，大声对影子说：你走吧，我不会离开这儿的。说完，“嗵”的一声倒下了。就在那一刹那，影子觉得自己飞了起来，飞到了女孩身下，再也无法挣脱。太阳开始偏西，山村的人们拥过来，看到女孩的身下，有一个影子。

不久，那座小城的晚报在头版头条刊发了一个爆炸性新闻：诗人失踪了！

邻里边界

〇秦景棉

柳红的胸脯剧烈地起伏着，心里盛满了委屈、不解、气愤。她质问丈夫：“知道你这种做法叫什么吗？”不等丈夫吭声，柳红自问自答：“你这叫割让边界！你这叫丧权辱家！你……”说着，柳红无奈地、委屈地哭了。丈夫见状，心里很不是滋味儿，连忙劝道：“不就是让给邻居十多公分的地方吗？我觉得没什么。再说，章敏家只有一间房，所以才在乎那点面积的，可以理解。”柳红抬起头，哽咽地说：“这不是邻里边界问题，是公道不公道的问题。在寸土寸金的北京二环之内，有你这么随便割让的吗？”听了柳红的话，尤其看到她哭红的双眼，柳红的丈夫觉得，他犯下了一个不小的错误，一时竟不知如何劝慰好了。

柳红居住的危旧平房正在翻建，柳红的心里，天天像灌满了蜂蜜，别提有多甜美了。每天下班后，柳红总是乐呵呵地站在房前屋后，这里瞧瞧，那里看看，拍拍新柱子，摸摸新砌的灰砖墙，眼里全是幸福的光芒。偶尔发现哪道地基边缘有缝隙，她都要很认真、很仔细地填上土，好像不这样做就会影响到房子质量似的。一天，柳红站在自家和邻居家合用的那堵墙前，原来的五零墙改成了二四墙，应该每家宽出十二公分。但她看到的结果是，自己家室内原来铺的地板砖边缘，被压在了公用墙下，这就意味着边界被侵占了，她把这个发现立刻告诉了丈夫。丈夫不动声色地说："哦，这事儿我知道，是我同意那样做的。"柳红一听就窜了："为什么？凭什么呀？！"

原来，施工者把地基砌好后，隔壁的章敏拿着卷尺左量量右测测，说自己家的尺寸比原先小了。施工者在原有的地基上，取中间位置垒墙，由于墙体变薄了，室内面积只会比原来增大，不可能变小。但是，章敏无视客观现实，不停地嚷嚷、找茬儿、出难题。施工负责人碰上了章敏这种娘们，大伤脑筋，便把柳红的丈夫叫到一边商量，问他可否做点让步，柳红的丈夫爽快地答应了。于是，厚墙变薄墙多出的二十四公分宽度，也就是一块整砖的宽度，就全部留在了隔壁邻居章敏的家里。

柳红是个遇事讲道理的人。讲理的人往往也会认死理儿，她就是想不通，空口说自己家的面积小了有什么依据？谁也没有把面积吃进肚子里。施工者秉公办事，拆除旧房，再按照原样子建造新房，在原来地基上取中间位置垒墙有什么错？丈夫应该坚持原则，至少应该和自己商量商量。

柳红越想越窝火，一阵阵怒发冲冠，她擦了把眼泪气哼哼地说："让他们把垒好的墙拆掉重新砌！"柳红的丈夫果断地劝阻："别介！是我答应的，错的是我，你没有理由让人家返工。"柳红说："你充什么大个儿！就你风格高？你睁眼瞧瞧，这大杂院里，张家跑马圈占盖厨房，李家把院儿里的地儿圈进自己家里。你倒好，居然把室内面积割让给了邻居！"柳红的丈夫说："得，我错了，下不为例。"柳红说："没下回了，你把房子的边界都更改了，将来就以此为准了。"柳红一想到不公正的做法既成事实，眼泪又下来了，火气又上涨了，血压也跟着骤然升高，一头栽倒在地。柳红的丈夫见状，慌忙上前搀扶，忽觉胸口憋闷，来不及拿药也歪倒了。

柳红和丈夫双双住进了医院。病情得到缓解后，两口子躺在病床上，你看着我，我看着你。柳红似乎说累了，一句话也不想说了。许久，柳红的丈夫想起流传的一则故事，他把故事中的四句诗写在了掌心里，伸着巴掌向柳红频频晃动。柳红眯缝起眼睛默念："千里修书只为墙，让他三尺有何妨，万里长城今犹在，不见当年秦始皇。"柳红看完，目光缓缓移向天花板，她若有所思地捂住胸口，长长出了一口气，极力控制着自己的情绪。

柳红和丈夫痊愈后，一进家门，又惊又喜，新房子落成了，每个房间都被一双儿女收拾得干净整洁，布置得美观大方，还购买了新式家具。柳红环视着温馨的家，坐在舒适的沙发上想着，假如为了那十多公分的宽度弯回去，丈夫写在手上的四句话就变成了："夫妻丧生为堵墙，让她几分有何妨，住宅旧貌换新颜，孩子没了爹和娘。"那将是多么后怕的严重事件啊。

四十六英寸的等离子彩电摆放在新居内，很有些气派。柳红拍着新沙发，示意丈夫坐下。她攥着遥控器，拨到奥运会实况转播频道，兴奋地说："正好赶上收看奥运会比赛。"

一连几天，鸟巢、水立方等比赛场地上，一场场扣人心弦的激烈角逐，一个个精彩纷呈的夺冠镜头，一支支热情高涨的文明啦啦队，一个个不同国度不同肤色运动健儿的顽强拼搏……让柳红夫妇在收看电视转播时大饱眼福。

柳红的邻居章敏，晚柳红几日也住进了装修好的新屋。房间里，东墙根儿下，比原来多出了一砖宽五米长的面积。

柳红生日那天，接到花店送来的一大束鲜花。柳红正纳闷，忽见花中藏有一张字条，打开后，上面写有四句话："房间面积宽一砖，日日内疚受熬煎，想去串门心有愧，祝愿柳姐身体健。"

柳红推开房门，看到隔壁章敏在院子里徘徊，冲着她摆摆手："那件事儿已经翻篇了，忘了吧。赶紧过来，一起吃蛋糕。"

偶　像

○秦景棉

张瑜在电脑前为一篇稿子画上句号时，时针已经指向午夜两点钟。她匆忙洗漱完，爬进温暖的被窝，强迫自己赶紧入睡。经人介绍，她明天要去偶像家做一次小时工。当然，醉翁之意不在酒。

偶像曹先生是张瑜暗恋了20多年的老师。当年，曹先生在大学讲台上妙趣横生讲课的时候，张瑜不错眼珠地盯着曹先生，被他的才气和帅气深深吸引着。

张瑜成家后，依然和曹先生生活在同一座城市。平时，大家各忙各的，难以见面。日子在不知不觉中飞也似的逃走了。岁月蹉跎，许多事情已经淡忘了。但曹先生的模样，一直装在张瑜的心里。她想见曹先生的念头，随着时光的流逝反倒日渐强烈起来。

没事去串门？见了面说什么？曹先生已经有了名气，成了大忙人，哪有时间陪学生说话。多年来，张瑜想见曹先生的念头总是自生自灭，一次又一次，了无痕迹。每每想到先生的名气，张瑜总觉得似有一堵城墙挡在面前，让她望而生畏。越是无缘相见，对曹先生的思念越是加剧。

日有所思夜有所梦，曹先生经常出现在张瑜的梦中。在校园里，在湖水旁，张瑜和曹先生肩并肩，慢声细语地探讨着问题。张瑜时常盯着曹先生的笑脸，望着曹先生秋波荡漾的眼神儿，好大的享受。郊游的时候，张瑜掉队了，在小树林里迷失了方向。夜色，像黑纱似的在眼前抖落开来，一层层加厚。张瑜心中着急，不觉加快了脚步，她深一脚浅一脚在草丛里跋涉。突然，脚下被肉乎乎的东西绊了一下，险些摔倒。打开手电低头看，是条盘踞成团的花纹蟒蛇。张瑜尖叫着，跌跌撞撞跑起来。曹先生不知从哪里钻了出来，双臂揽住张瑜，关切地说："怎么了？别怕，有老师和你做伴呢。"张瑜惊魂未定，瘫软在曹先生怀里，眼里全是恐惧过后转危为安的幸福泪水。被丈夫推醒后，张瑜才发觉又是梦，又是曹先生。她急忙把头下的枕头翻了一个个儿。据说这样做，曹先生就会进入同样的梦境。

无数个夜晚，张瑜在网络上看曹先生写的文章，看完了更加喜欢曹先生。张瑜知道，一个人一旦出了名，就会被千人邀，被万人请，就会有许多的崇拜者。张瑜还知道，她已经不是当年人见人爱的漂亮姑娘了。生活后浪推前浪，一茬接一茬的年轻姑娘，把张瑜拍在了沙滩上。想着想着，张瑜睡着了。

次日，张瑜画了淡妆，一下子年轻了好几岁。她端详着镜中的自己，红润的面颊，苗条的身材，丰满的胸脯，端庄而秀丽。

张瑜敲响了曹先生家的门，心跳立刻加速。许久，门开了，一个摇着轮椅的老人映入眼帘。张瑜忙道对不起，说自己敲错门了。老人看见张瑜，很激动，"啊啊啊"急切地想表达什么，脸色涨成了猪肝儿。张瑜问：你有什么事情需要我帮忙吗？他继续"啊"个不停，右手较劲地扭曲着，长长的口水垂下，盘绕在秃头上的一缕花白头发，散乱地耷拉在眼前，挡在脸上。张瑜索性向他打听："请问曹先生住在哪个房间？"老人再次激动起来，竟然咧开大嘴哭了。直到这个时候，张瑜才觉得，眼前这位老人，和心目中的偶像似乎在什么地方有点相像。

张瑜顺手拿起桌边上的餐巾纸，为曹先生擦去满脸的涕泪。她万万没有料到，时间，这个无情的魔鬼，居然把自己心目中的偶像摧残成这个样子。

张瑜一声不吭，挽起袖子开始干活儿，手过之处，玻璃变成了虚无，地板照出了人影。整个家，从头到脚，像一个干净清爽的少妇，散发着温馨。

曹先生兴奋地摇动着轮椅，亦步亦趋地跟在张瑜身后。他不错眼珠地看着昔日学生忙碌的身影，心里百感交集。他示意张瑜休息会儿，坐下喝口水。张瑜端起曹先生的杯子，续上水，双手递上。曹先生眼圈又红了，他用那只尚能活动的左手，动情地抓住张瑜的手，颤巍巍举到眼前，在上面缓慢地吻了一下。于是，在口与手背之间，就有扯不断的亮晶晶的物体出现，那是曹先生的口水拔丝。他嘴里含混不清地说着什么。张瑜听不清楚，于是凑近曹先生。耳朵还没有丝毫收获，鼻子却率先扑捉到不少信息。她嗅到了曹先生口中的异味，闻到了曹先生通身散发的体味儿，那是一种老朽难闻的气息。爱干净的张瑜微微皱了一下眉头。瞬间，又舒展开了。她表情真挚亲切，委屈着自己的鼻子继续听下去。好一阵子，张瑜终于听清了其中夹杂的“常来”两个字。他是希望自己的学生常到他家里来。张瑜一面说着我会常来看你的，一面背转身擦去手背上的口水。张瑜想，假如上大学时，老师能吻一下自己的手背，那会是一种什么感觉？无疑是甜蜜的，醉人的。假如……那一个又一个的岁月，已经永久地翻过去了。如今，手背上却留有一股浓重的口臭味儿。

曹先生急切吃力地道出自己的心声。他的眼神儿里，满含对张瑜登门的惊喜和欢迎。张瑜有了常来看望曹先生的理由，却没有了再见偶像的欲望。她甚至不太友善地想，在曹先生风流倜傥的时候，在他被众多仰慕者围着团团转的时候，想到过我吗？

张瑜背转身，走到水池旁，在水龙头下很仔细地用香皂清洗了手背,告辞了。

第二周休息,张瑜推辞掉老同学王局长的邀请,准时按响了曹先生家的门铃。

良　子

○秦景棉

良子有一副好身板,胸膛宽阔像打开的扇子面,肩背厚实,后脖梗子一疙瘩肉,瓷实。

一吨水泥二十袋,码成两摞,一摞十袋。上面立一瓶冒着马尿气泡清爽型燕京啤酒,瓶口高度正好达到他的肩头。

良子用沾满灰面的大手抄起酒瓶,一仰脖嘴对嘴一灌,“咕、咕、咕”三声,啤酒入肚,黄泡沫却淹满了黑胡须。他用手掌一抹,黑红脸上又平添了几道灰痕。他把剩下的啤酒瓶立到另一摞水泥袋上,把灰不拉唧的灰围裙搭在水泥袋上,矬下身子,侧过肩膀,两手将一袋水泥一扳一抄一耸一颠,水泥袋就稳稳地骑在他的后脖梗子上。然后,他低头顺眼,登上通往六层雇主的楼梯。

起步的时候,良子很潇洒。扛一袋水泥如同肩上放一个小枕头,他两手掐腰,挺着脖子,头低腰却不弯。甚至还想整几句流行歌曲:“走!走!走!走哇走!”他甚至想起儿子昨天似乎还光腚子骑在他脖子上,软乎乎的小鸡鸡偎着他后脖梗子,痒痒的。而今天的儿子,刚刚考上大学。他迈步到了三层,就感觉到一百斤重的水泥有点“杀”肩,迈步有些尬悠。到了第五层,良子觉得,水泥扛是扛得动,就是腿有点儿禁不住,打软儿。自己绝不能惯腿这毛病,腿不想上也得上。

拔一步,再拔一步。六层,终于到了。

良子略蹲下身子,肩膀一侧歪,水泥袋滑到他大腿畔上。他顺势一抱一丢一放一正,水泥袋就规规矩矩贴在门口墙根儿。

防盗门“吱呾”一声半开了。一个染红黄毛的丫头一脚门儿里,一脚门儿外地面对他。良子迅速将脸别过去,但还是不失时机地首先看到她染得红艳艳的脚趾甲盖,依次是似白藕般修长白腿黑短裙和薄如蝉翼的上衣只有下半截。至于上半截儿,良子的眼光像贼一样溜了。

红黄毛吃着“小蜜傍大款”型雪糕,很大气地问,你是喝“牵手”果汁还是要“农夫山泉”?良子赶紧摆手,我下边有啤酒。说完赶紧逃走。

他努力回忆,看这红黄毛眼熟,好像在哪儿见过一面。

当良子把第二袋水泥扛到六层,摞在第一袋上面时。一瓶冰镇啤酒冒着冷气,看来是刚从冰箱里取出来,放在他面前。良子忙推辞,别,别,我还有多半瓶呢。扛一趟,我喝三口。

红黄毛有点嘲笑地说,照你那喝法,一瓶也就三十口。你放心,啤酒不顶工钱。不就是扛一袋三块钱吗?你扛齐了,我给你六十块。不,再加二十,凑个吉利数。早上我上三角地找力工,那帮人少一百不干,哼!

里面传来一声男人的咳嗽,她赶紧抽头回屋了。门,随手“呯”地一声关严了。

良子对屋里的那男人的咳嗽,听着也觉得耳熟。

三趟水泥扛过后,良子觉得腿也遛了,肩也硬了,腰也挺了,脖子也不酸了,身上也“合炉”了。三十如狼,四十如虎,自己五十,正是赛金钱豹的年龄。可不是吗,在李鬼子工地,不是咱夸嘴,咱这肩膀,咱这大手,扛过梁、抬灰板、搬铁板、拽钢筋,要说卖力气,在百十号人的工地上坐头把交椅。可是，干了八十六天，每天说好工资一百二十元，一万挂零，这可不是仨瓜俩枣儿。包工头李鬼子却从人间蒸发了。自己过日子还好办，可儿子上大学得交学费呀！李鬼子真是鬼，他坑了一大群人呢！竟敢坑刺头王，狗子六、二青子、三棱子这帮嘎杂子琉璃球儿，这群人要是逮住李鬼子，还不活剥生吞了他！

良子肩上压着水泥，心头堵着债务。但还是一步一步负重往高处走。他的眼睛盯住脚下，每一家的门口，都摆一溜好鞋，穿得过来吗？每一扇敞开的户门，都反射出明晃晃地瓷的光芒，老人劈叉咋办？每一樘紧闭的防盗门后面，隐藏了多少财富？钱多也是祸。

良子扛完一袋水泥，就"咕、咕、咕"喝三口啤酒。红黄毛真好，工钱多给，还赏他一瓶啤酒；燕京啤酒真好，便宜，老百姓的酒，卖苦力的酒。退瓶才两块钱，挣八十，刨两块，赚大发了。

良子流着汗，但不觉得热。汗的发源地是头顶、脑门，汗是洁净清爽的；往下流经脸膛、脖子，就有些杂质了，但污染还不严重；再往下是胸脯、后背，就混浊了；再流到腰部以下，一塌糊涂了。

水泥袋儿已经把良子肩头硌疼了，脖子靠酸了，腰杆压弯了。但他的头脑格外清醒，耳朵分外敏锐。他虽埋头抵胸，却听到有几个人脚步"通、通、通"地从他身后赶过来，"唰、唰、唰"从身边擦过去，带着一股小旋风。有几个声音低声交换，"我打听到这儿，五门六零一。""淘换药引子似的，好容易掏着窝了。""家伙带了吗？""带齐了。再不给钱，说碴了就劁了他。有钱养小三儿，没钱发工资？"良子一惊，这不是刺头王、狗子六、二青子和三棱子那几条狼吗！

良子到底还是晚了一步。六零一房门紧闭。里面拳脚声、怒斥声、哀求声和家具破碎声，搅成一锅粥。良子灵机一动，"咣、咣、咣"大脚踹门，高喊：警察来了！

房门突开，里边的人"嘭、嘭、嘭"蹿了出来。

客厅地上，歪坐着一个乌眼青，脑袋像个血葫芦。墙角，红黄毛丫头缩做一团，瑟瑟发抖，像只水鸡子。

良子把身子蹲下来，将宽阔敦厚的后背让给李鬼子，来，我背你上医院。

“良子，我欠你工钱啊……”

“咱一码说一码。清水一边走，混水一边流。”

精　神

○顾文显

谁知是哪个不小心，一膀子把那家伙蹭掉到地下，借着惯力，滴溜溜转至地中间，口儿就开了，扑哧扑哧冒白沫儿，吓煞个人！

新开的井口，连工棚都是简易的。矿工们装束好了，下井之前挤在这简易工棚里，都年轻、好疯，闹得小偏厦地动山摇，就闹出这桩事来。

冷不丁把众人吓得哄地散开，一愣，又渐渐地明白，知道原来是灭火器，就都站住，等头儿或哪个懂行的去拾起，关上，不就结了？

也就是一愣神的工夫，箭一般地从人堆里射过一个人去，一下子扑在那冒白沫的灭火器上。他不懂怎样关闭，只用手拼命去堵，身子死死地压在那物件上，一边火烧火燎地冲大伙儿喊："快！快跑嘛你们！"

这是个小合同工，刚从农村招上来不到俩月。

看他那认真样儿，大伙儿笑得前仰后合。

小合同工更急了，破口大骂："你们还不滚开，要死呀你们！"

大伙儿更是大笑。连个灭火器都不认识！

忽然笑声一家伙打住，井长来了。

井长过去把灭火器关上，看着已经自己爬起来的小合同工，那小脸弄得一塌糊涂。井长忍不住也笑了，他和蔼地问："小伙子，你这是表演哪路功夫？"

小合同工脸腾地红了，赶紧扭向一边："操，我当它要爆炸呢。"

井长的神色立即严肃起来。

几天后，井长跟矿长汇报，谈到那个小合同工，并要求给他转正。井长说："我一定要留住他，就冲这种精神！"

井长说这话时，满脸是泪！

老友卖拙

○顾文显

五年前,郭玉平和黄天庆一同离开山沟,分别到南方相邻的两个城市打工。郭玉平横下心来要干出个样子给大伙儿尤其是给黄天庆看看。

郭玉平折腾三年,一事无成。其间,他跟黄天庆通了一回电话。黄天庆说他从某公司一个工地采买做起,一步步提到助理的位子。后来,老板退出,把公司卖给他经营。他现在有20名工人,大小也算个老板。

"哥儿们不要客气,咱俩好歹也是一起长大的朋友,有啥事只管吱声,我黄天庆头拱地也得帮你办。"

郭玉平嘴上硬撑着说"不错不错",心里越发较上了劲儿:"他姓黄的是不是摸到了底细,故意刺激我呀。老子人穷死还有骨气在,不可能去求你。"

发狠归发狠,郭玉平事业上仍然事事不顺心。他好不容易找到一家称心如意的公司,可不久老板出车祸,公司倒闭了。郭玉平口袋里只剩下200元钱,想哭都找不到调门。

这时,黄天庆又打来电话:"哥儿们,有时间过来聊聊呗,我请你吃海鲜。"郭玉平一咬牙:"我最烦的就是海鲜。等着,我中午前一定赶过去。我请你。”

郭玉平人穷志不穷，坚持要请黄天庆吃饭。见黄天庆坐公交来接他，他心理平衡了许多：你也是穷酸老板，比我强那么一点点而已。

口袋里没钱，郭玉平就虚张声势地说喜欢吃川菜。他下车时就计算好了，附近只有一家简陋的川菜馆，花不了多少钱。黄天庆只好任由他拉着进了小店。

两人坐下，服务小姐送来菊花茶和小碟装着的冰糖块儿。黄天庆说：“这菊花加点冰糖，败火又好喝。”说着，伸出手指拈起三块冰糖，放入自己的杯中。

郭玉平憋不住，在心里暗笑：真是尺有所短哪，你不过是个土财主，其实浑身仍旧脱不了土包子气，这冰糖哪有用手指头捏的？他斯文地伸出筷子夹住冰糖，往自己杯里放，感觉除了钱，自己不比黄天庆差到哪里去，气氛很快融洽起来。

几杯酒下肚，哥儿俩又回到当年那个小山沟里，讲的尽是少年时代的事。郭玉平把不快全抛到九霄云外，借着酒劲把倒霉事一股脑儿吐了出来。

黄天庆吃惊地瞪了他半天：“伙计，你咋不早说？我运气可比你好得多，现在管着二十多个人，每天至少进账2000元。你要是真拿我当哥儿们，需要钱创业就直说。”

让我拿他当哥儿们？这话听着顺耳。郭玉平把想法讲了出来。他把市场考察得相当清楚，在那个城市扎绢花卖肯定是冷门，可惜他手里缺少资金。

“哈哈，谁说你总倒霉，我看你是福将呢。”黄天庆说，他本来资金也捉襟见肘，谁知三天前刚刚到手一笔横财。“这点钱全借给你吧。”不由分说，他拉着郭玉平就去附近一家银行取钱。

郭玉平要打欠条，黄天庆说：“我若是担心你不还，还不如不借给你呢。拿去。”

郭玉平心里暗自嘲笑，瞧你那小人得志的样子，有俩钱不知道姥姥家姓啥了。这种素质的人都能当老板，我郭玉平还差什么？

有了资金，郭玉平时来运转。他学过绢花工艺，一旦找到适合发展的市场，就顺利极了，当年不但还清了向黄天庆借的钱，还赚了不少。

消除了当年那层尴尬，两人的电话联系频繁起来。郭玉平把经营心得告诉黄天庆，也汲取了黄天庆的不少经验，他的生意蒸蒸日上，如今也有人称呼他为“老板”了。

有一回，郭玉平得知黄天庆要扩大规模，正四处筹款，他恼了：“什么人啊！开口闭口教导我要把你当哥儿们，你自己是如何做的？”

他吩咐会计把一笔巨款打入黄天庆的账户，然后亲自杀上门去问罪。找到黄天庆的公司，郭玉平大吃一惊：这么大的门脸，怎么可能只有二十多名员工？

黄天庆有事出去了，助理陪郭老板喝茶。郭玉平问：“你们公司多少员工？”

“两百多名。”

郭玉平又是一惊：“我两年前见过你们黄总，那时他手下……”

“那时候多，三百余人，大小汽车五辆。”助理回答，“去年，黄总感觉机构有些臃肿，裁掉了一部分，让别人经营去了。”

郭玉平恍然大悟。这个黄天庆，看穿了我自卑心理严重，当初穿休闲装挤公交车，那是故意低调搞缓冲呢！他编造发横财的谎话，也是给我台阶下……这老伙计不愧是发小，当初他要是真摆出大老板的架势，我还不转身就走哇！那我怎么会有今天？

郭玉平的眼睛潮湿了：“待会儿我要跟老朋友直言，他有些小节不注意，影响形象呢。上次见面，他直接用手去捏冰糖，太不雅了。”

“哦,那是我们黄总的处世技巧。”助理说,“黄总肯定是看到您当时比较拘谨,就故意卖拙,好让您心理平衡……”

话没说完,黄天庆急匆匆赶回来了。

郭玉平抢步上前,紧紧握住老朋友的手,一句话也说不出来。

老师的承诺

○顾文显

上初中学《海上日出》这课时，范老师神往地说，咱们村没人看到过大海，明年全公社统考，你们哪怕有一个进入前10名，老师就带大家看海去，所有花销都由老师出。课堂上欢声一片。我们村祖辈几代人都圈在这大山里，连火车都没见过，对大海的向往可想而知！

从那天起，全班同学都较上了劲儿，虽然我们清楚，考前10名根本不可能！而范老师却无比认真地说："如果没那个希望，我岂不是给大家空头承诺，跟无赖有什么区别？"

反正我下死力气读书，就冲范老师这一片苦心。大海是从来没敢想。范老师是个民办，全年挣的工分不过值100元，万一考上一个，那可就尴尬了——他哪来钱买车票！

那时候初中两年，之后，就得到公社读高中了，需要考试，全公社取250名。名单一公布，范老师哭了，我们12个同学全部入选，最差的排第101名，而我和另两个男生名列第2第3第6！范老师严肃又有些内疚地说，花不起钱啦，我只带你们三个看大海去，回来，给同学们一人一份礼物，他们也应当受奖……范老师耐心地到我们三家做工作。家长哪好意思让老师破费，可自家又穷得叮当响，只能推三推四。老师急了："您总不能让我说话不算数吧，以后我怎么教学生？"他找出地图,反复计算:“咱们就近到锦西县,火车票 10 元整,来回有 150 元够了。”

终于在暑假里一个浓雾弥漫的早晨,范老师率领我们两男一女三名弟子,走出了大山沟。

我们见到并坐上了火车,那颗心呀,简直要蹦出来了。傍晚,到了通化市,在那里换车。剩余三个小时,老师带我们在站前游览。城市灯火辉煌,把我们三个全看呆了。老师意味深长地说:“北京上海,比这不知要大上多少倍。回去一定要读高中,我做你们家长的工作,你们不能总圈在山沟里!”那一刻我明白了,范老师不仅是为了兑现他的诺言,更是要让我们认识山外的世界。

在火车上,我发现范老师不睡觉,时常在过道上焦躁地走动。考试前那几天,他的鼻子一侧陡然起了一片红肿,据说特别疼。师母逼他去医院,他嚷着说,什么时候了,我还顾得上去医院?考试结束,匆匆去了趟地区医院,他又带我们看海。现在,老师的患处肿得更高了,把内眼角使劲往下拽,样子有些滑稽,他能不疼吗!我不时悄悄地捏我的裤子,那里有妈给我缝在内裤里的 5 元钱。我想,不能花,留着给老师看病。

范老师让我们三个成为山沟里第一批看到大海的人。范老师问我们:“有什么感想?”我们三个异口同声:“将来考大学!”范老师笑了,笑得好开心哪,那天,他还在海边就着小咸鱼喝了一些酒。

回来以后,范老师顾不上休息,挨家做工作,让我们一定读高中,没文化不得了啊。范老师可不是一般的教师,经常在省报上发表诗歌……据说在全市作者中都是优秀的。市里一家名校两年前就有意聘请他去专教作文课,并且有转为正式教员的可能。然而,老师为把我们这个班送出山沟,迟疑着不走。这次,他总算松了口气。

入高中的第一个星期忙得很,直到半月后,我们才在周末回家。

到家后，发现父母眼睛红红的，原来我们的范老师没来得及去市里那家中学报到，就病倒了。范老师患的是额窦癌，已经到了晚期。我吃惊地看到，平日里谈笑风生的范老师半边脸肿得跟南瓜似的，眼睛已失明。我抓住他的手失声痛哭。范老师用力握了握我的手，说："别这样，丫头，我这一生足了，看到了大海，还带出了山沟头一批看海的学生。白姗姗，你答应我，将来有了好消息，要告诉老师一声。"我一下子明白了这句代表生离死别的话，一头钻进他的怀里，哭得昏天黑地。

我们几个坚持要陪老师到最后。可范老师几乎是把我们骂回了学校。他说不想看到这样的学生，假如不把学习放在第一位，那他的心思可就白费了。于是我们天天放学后跑回来看老师，天不亮又往回赶……这样，也没送成敬爱的老师，我们还在学校上课时，范老师悄然离开了这个世界。

我在北京读完大学，分配到省城机关。差不多每年暑假，我都让丈夫陪同前往小山村，那崎岖的山路尽头，安睡着范老师，是他把我带出这荒僻的小山沟。我跪在老师坟前烧纸，不是冥钞，全是我当年发表作品的复印件。我要让敬爱的老师知道，他的学生当年也对他有过郑重的承诺……

有　人

○陈小庆

快餐店里，我端了一份食物找位置。人不多，但没有一张桌子是空的，我便向一个漂亮女孩那里走去。

“请问，这里可以坐吗？”我很帅气地一手托餐盘，一手擦滴在衣襟上的果汁——总是这样，一看到漂亮女孩就莫名其妙地手抖，可谓端汤汤洒、端饭饭歪。

漂亮女孩从长长的黑发里抬起眼睛，气氛便诡异了起来。

她仿佛没有张嘴，却发出冷得让人起鸡皮疙瘩的声音：“难道你没看见，这里已经‘有人’了吗？”

我说：“不是还有一个空座吗？”我指指她对面那个座位。

“我说的就是那儿，已经有人了。”她仍用那种冷冰冰的口气说道。她一身洁白的衣服，就连嘴唇都几乎没有血色，整个人都是冷色调。

我相信这世上有我解释不了的东西，有我需要敬畏的一些神秘事物。于是我轻轻退了下来，还好，一个桌子刚刚空出，我忙占了上去。

我没敢再看那神秘的女孩，胆战心惊地吃过饭，匆匆上电影院去了。作为单身汉，一个人看电影，难免有些自艾自怜，但总不能因为单身就有了不支持自己喜欢的导演的电影的理由吧?! 何况票是打了折的。

电影还未开始，我走了进去，光线不明不暗。我喜欢靠前的位置，便来到第一排的一个空座前，正要落座，旁边一个哥们儿马上提醒我道：“你没看见这儿已经有人了吗？”

今天，是怎么了？我头皮发麻，为什么我一直看不见一些存在的东西？我揉了揉眼睛——幸好我没坐下来，幸好那哥们儿提醒了我，不然我一屁股坐下去，会不会立刻有一声令人毛骨悚然的尖叫？

我走向第二排空座，一位女士提醒我：空座上已经“有人”了。

我知道我需要感谢她，我便直奔后面无人区，坐在那儿，发着抖看完了一场喜剧片。

夜里的末班车等了很久才来，这是冬日的晚上，冷。我拥了大衣上车，人不多不少。我向后面走去，在一个柯南模样的少年旁边有个座位，我正要坐下，他说：“那儿——有人。”声音是很不经意，却自然让你产生出一种寒意。

我想一定是我眼睛出了问题，看不到那些存在。更可怕的，也许是我头脑出了问题。当然，最可怕的还是：这个世界的确存在着看不见摸不着的那些“人”，而我竟一天之中遇到过好几回。

一夜一夜我睡不着觉，一到白天就头晕。我觉得我病了——我开始看到一些不确定的东西：那些影影绰绰的人，那些令人不寒而栗的画面。我仍然单身，仍然去黑暗的电影院，我渐渐适应了自己的状况——也许我不是病了，我是在拥有一种超能力，这其实值得庆幸。

那天我早早进入影院，坐在自己喜欢的第一排。然后我看到人们纷纷到来，三个一群两个一对地坐下，然后就一定中间隔着一个空座，当然我左右两旁的座位也是空着，但是，我很快发现，有两个看不见的人，轻轻地、轻轻地坐在了我旁边，他俩面目不清，身份可疑，他俩不是在看电影，而是一直在盯着我看。

一个中年人走了过来，正要不打招呼坐在我右边，我立刻对他说："不好意思，这儿有人！"他便走了。他看不到，但我看到了，我不得不提醒他。于是我身边那两个面目不清、身份可疑的人，便对我投来赞许的目光。我知道我做对了。

出了电影院，我马上感到身后有人跟着。末班车来得挺快，我快步上去，当我坐在三连座的中间时，我发现那两个面目不清、身世可疑的家伙也坐了下来，一左一右，看来，我是被他俩绑架了。

于是——图书馆、地铁上、网吧里……他们始终不离我左右，让我随时提醒别人：对不起，这儿有人！

买　房

○陈小庆

我一出现在“巴黎城”售楼部门口，几个花枝招展的售楼小姐就涌上来了。我一下子发现我今天忘了一件大事——什么都考虑到了，就是忘了穿增高鞋。由于“巴黎城”属本城最高档楼盘，所选售楼小姐也都体现了“三高”——高学历、高个子、高鼻梁。和她们站一块儿，实在很有压力感。

我看见个稍文静点儿的姑娘，对她一笑，示意她过来。她便快步走过来，自我介绍道：“我叫贾文静，很高兴为您服务。”其他人便都散开了。

我对她说：“你只管把最好的户型介绍过来，价钱贵一点不要紧。”

她一听很振奋，说：“最好的是三层的复式楼，一共只有三套，其中一套已被一个外商买下，还有两套。您看看吧。”

我们两人乘坐敞篷看房车，来到已经竣工的豪宅面前。在寸土寸金的市中心，居然有如此宽敞、从容的住宅，花木扶疏，要不是阴天，阳光也一定无可挑剔。外商买的楼在最中间，现在就是东边和西边那两座，专等我这样的稀客前来购买。

我想了想，看东边的那座吧，贾文静便引我进入豪宅。虽然没有装修,但从格局上可以看出档次,也可以想象出来装修之后的样子。

“虽然我们这里是中等城市,但这样一套房子买下来再装修出来也要上千万了。”贾文静似乎想用激将法促使我早点拍板儿。我知道她是有些小瞧我了,至少怕我犹豫吧。

“你是说我买不起这栋房子?”我微笑地望着她。

“大哥,我真不是这意思。”她有些慌了。看得出来,她不是太有经验。

“晚上一起吃个饭,好吗? 我想好好听听你对这栋楼的介绍。”我知道她一定会推辞一下的。

果然,她笑了一下,说:“今天不行。”

她似乎明白我的不轨之心,我懂她在想什么。于是我说:“那明天怎么样,贾小姐不会天天都不行吧!”

“你真打算买这套房子吗?”她认真地看着我,仿佛在问我是不是爱她这样终极的问题。这时春天的风轻轻吹过来,我忘了有那么一句老话:“不要在春天买房,你很容易被春风吹乱了眼睛和心灵!”

我望着她期盼的双眸,仿佛要进行爱的宣言。我又看了看四周怡人的环境,不远处的湖水波光粼粼。我想,买这套房,也不算太大的问题,关键是,我还没有结婚,用得着这么大的房子吗? 我把这个想法对她简单说了一下。

“那么,你是不打算买了?”她显出了失望。

“那要看,有没有必要。”我知道接下来的话题是实质性的试探了。

她应该很机灵,反应很快。她说:“好吧,今晚上我把另一个饭局推了,向你好好介绍一下这栋楼。”

今晚上我其实有很重要的事情要做,刚才不过是虚让她一下,因为明知她不会因为我只说一遍而答应的,但现在她居然又同意了。我端详着她的脸，是的，是我喜欢的气质。我很高兴她能够同意，但我今天晚上真的有很重要的事情，我刚才不过是随口说说，现在我只得告诉她："嗯，房子，我会买的。饭，明天吃吧，你也别推另一个饭局了。我现在得去办一件很重要的事儿。"

我转了两次公交车，回到家，已是晚上了。是的，我住在离城里很远的郊区出租屋。我匆匆给自己泡了桶方便面，一边吃一边打开电视，现在，就等那庄严的开奖了，我颤抖着摸出了我那张复式投注的彩票……

借　钱

〇陈小庆

1958 年国庆节前一天,国棉四厂到处洋溢着节日的气氛。

“梅子同志,借我一块钱,有急用!”办公室的李昊对梅子说。

他从未向她开过口,两人也只是认识三个月罢了。但同在一个办公室,难不成他为了这一块钱,会跑了?

梅子想了想,拿出口袋里仅有的一块钱给他,没有问他做什么用。他也没说什么时候还,拿着钱就跑了。梅子觉得是不是不大对劲儿?对了,忘了让他打个条了。不过,就一块钱,打个条也太……

国庆节过后,他没来上班,梅子的心就开始不安起来——难道他真的跑了?为了一块钱,连这国营单位的正式工作都不要了?可能性太小了吧!

又过了两天,他来了,见了梅子“呃”了一声,就过去了,丝毫不提还钱的事儿。难道他忘了不成?

“这几天你去哪儿了?怎么没来上班?”梅子晃到李昊办公桌前问。

“我,给主任请了假了,我兄弟结婚!”李昊言简意赅,并不提还钱的事,让梅子心中有些不快,但一块钱,不值得说太明了,那样太小家子气了。

于是每天，梅子都会在李昊面前多晃两圈，有时是聊天，有时是让他帮她看一下文件里的错别字。又有时，梅子会给他送几颗花生，或是一块柿饼。所有这一切，都是为了暗示他：你怎么不还我那一块钱？

可李昊，只是很开心地看着她，热情地和她聊天，帮她改错别字，心安理得地吃她的东西，拿她的茶缸喝水，丝毫不提什么钱不钱的。

李昊对面的老刘就笑他们两个："俩人好得都用一个茶缸喝水了——"

梅子的好友小叶也笑对梅子说："这小伙儿不错，加油！"

梅子嘟囔着说："他还不错？他欠我钱……"

当同事们都以为李昊与梅子恋爱了时，他俩也真的开始恋爱了……

李昊开始给梅子捎吃的，都是一分两分的小玩意。梅子吃得很开心，但不时问他一句："这都是哪儿来的钱呀？"

李昊只是低声下气地笑……

梅子就说："别忘了，你——"终于没有明说。

这年冬天，两人就结了婚。

然后生了孩子，好多年过去了……

梅子从不忘提醒李昊半句："别忘了，你——"仍是不明说。

1992 年，李昊退休后下海经商，赚了很多钱，买了洋房小车。梅子还是不忘提醒李昊："这都是哪儿来的钱呀？"

李昊只是低声下气地笑……

好多年过去了，两个人垂垂老矣。李昊仍总是给梅子递小零食，是三块两块的那种小玩意。梅子吃得很开心——她虽然年老，但牙口特好——只是不时问他一句："这都是哪儿来的钱呀！"

李昊只是一个劲儿地笑，声音苍老，皱纹满脸！

2012 年冬天，李昊临终前，拉着梅子的手，在她耳边轻轻地说：

“梅子同志，我感到这一辈子特别短，可是我想，我还是得走——”

“不，你不能就这样走了——”梅子大声说，仍没有说还钱的事。

李昊叫大儿子过来，对他说：“儿啊，我欠你妈的，这辈子我是还不了了，你和你妹一定替我好好照顾你妈……”

“你欠我妈什么啊？”大儿子莫名其妙地问。

“很多，很多……”李昊说完，溘然长逝。

“你不能走，你还欠我一块钱哪——下辈子你得还我！”梅子伏在李昊身上，泣不成声……

每天，梅子总会在李昊的遗像前晃两圈，就像当年，提示他还钱……

吃 鸡 头

○何　涌

二爷小的时候，跟大人出门吃“十大碗儿”的酒席，对清蒸鸡的鸡头产生了浓厚的兴趣。主动夹过一次，刚使上劲儿，带他坐席的太爷用筷子生拉活扯硬给打掉了。还剜他一眼，说，你不会吃！

太爷那一打，二爷没吃成不说，还伤了面子，一脸羞赧地埋着头，也不开腔，贼眉贼眼的，看着太爷把耷拉着肥鸡冠的鸡头请到四娃子爷爷碗里。四娃子爷爷接过鸡头，筷子从断脖的地方进去，然后，挑出了二爷的视线。二爷呢，埋着头就只瞥见鸡头给挑了起来。至于挑哪儿去了，估计是挑四娃子爷爷嘴巴里了。二爷还没来得及抬头看会吃的人是怎么个吃法，一块块纤细的鸡头骨已经开始像雪片儿一样轻轻落回八仙桌上。先是，一上一下小小的两枚犁铧样的喙，然后是，花针一样叫不上名的别的鸡头骨。扒两口饭的工夫，鸡头上的骨件儿全给四娃子爷爷拆下来了，无论是小件儿，还是小小件儿，吮得干干净净，不粘肉带皮，还都完好无损。末了，三团两抹，拼成一个完整的鸡头，像要打鸣一样。

二爷看得眼花缭乱，心服口服。回去的路上，还想着吃鸡头的事儿。便问太爷，四娃子爷爷咋那么会吃？太爷说，你要是吃多了也会吃啊。二爷想了想，不禁长叹了一声。二爷觉得，这辈子没指望了，会吃的才吃,不会吃的永远吃不上,吃不上怎么可能成为会吃的人呢?

不久,酒席上四娃子爷爷没来,二爷又高兴了一回。可是鸡头还是旁落别人碗里了,让儿孙满堂一脸白胡子的桂子哥夹给了还是放牛娃儿的四娃子。二爷痛心地盯着四娃子糟蹋完那只鸡头,回家不服气地问太爷,四娃子不会吃咋也吃成了呢?太爷问席上都有哪些人。二爷掰起指头,一个一个地数过,太爷说,那当然呢,席上四娃子辈分最高,不该他吃该谁吃?!

这么说来,好,二爷就有盼头了。村子里都是同一个祠堂的张姓。四娃子家是幺房,在村子里辈分最高。过了,就数我太爷膝下这一家了。你算算哈,假设全村人天天同席,四娃子爷爷不吃了(死了以后),该四娃子吃(四娃子爹晕油不吃就不算),太爷和四娃子同辈,四娃子不吃以后才能轮到二爷他解馋呢。

当然,这说的是全村人到齐的情况下。要是高辈人临时缺了,也还可以顶上,捡个便宜。但,那哪有无论酒席多大都可以通吃的好呢?比如60年前四娃子爷爷,现在的我二爷。

二爷是今年10月28日以后才通吃鸡头的。那天,78岁的四娃子也“百年之后”了。喝谢客酒,二爷按规矩坐到了堂屋正中的上席位。抿过土酒,一块块纤细的鸡头骨从二爷手中像雪片儿一样轻轻落回八仙桌上。先是,一上一下小小的两枚犁铧样的喙,然后是,花针一样叫不上名的别的鸡头骨。扒两口饭的工夫,鸡头上的骨件儿全给二爷拆了下来,无论是小件儿,还是小小件儿,吮得干干净净,不粘肉带皮,都完好无损。末了,三团两抹,拼成一个完整的鸡头,得意扬扬地,像要跳起来啄人一样。

村子里烫彩发的小媳妇,手臂上刺青的后生,还有那些从山外戴着MP3回来的学生,都让二爷的绝活儿给惊呆了。一问,才知道村子里吃鸡头不是乱吃的,还有这么新鲜的讲究。

打那以后,村东姑娘出嫁,二爷去包吃鸡头;村西二麻子鼻子不来气了,号丧处理家事二爷去包吃鸡头。都说他辈分儿高,会吃,该他吃。

二爷也这么想。

可毛子老婆改嫁那天,二爷不这么想了。

毛子死时,毛子媳妇才 34 岁,经人撮合的不少,都因为毛子媳妇要带着瞎婆婆出嫁,全都黄了。不过,毛子媳妇的孝心最终感动了一个叫赵大风的人,结婚那天,如约带来了一班人马和一乘轿子。瞎婆婆上轿,二爷送上两双筷子,一只碗。碗里,是二爷留着的两只鸡头。

赵大风不懂这是张家湾的什么礼节,忙拉过穿红戴绿的毛子媳妇。毛子媳妇一看,赶紧赔不是,二爷您使不得,婆婆都没你辈分高呢!

二爷把碗掼到赵大风怀里说,吃了吧!你虽然没听见,但是张家湾的人听见我说过,毛子媳妇带着婆婆出嫁那天,不管嫁的是张王李赵,还是赵钱孙李,我都要请让出鸡头!

村里人原以为二爷是说着玩的,真这么做了,都觉得有点不妥:按祖辈的规矩,那赵大风,那毛子媳妇,不就成了一村人的高辈了?!

二爷不容商量的目光里,毛子媳妇给赵大风夹了一块鸡头送到嘴边,然后硬着头皮自己囫囵着吃起来。

吃着吃着,大滴大滴的热泪,落了下来。

种 瓜 人

〇何 涌

春天，种瓜人来到河漫滩。他之所以相中这里，是因为这儿离家远，能让他暂别那些一时还无法面对的人和事。种瓜人就租下来，准备种瓜。他这么盘算的时候，手正触到了大牢里最后一次剃下的光头。心里想，这季瓜种完了，头发也就长起来了。

而现在，瓜蔓已经爬满了空旷的河漫滩，毒日当头，微风吹拂，碧绿的瓜叶像戏水的鱼群，调皮地翻动泛白的背光面，几十亩瓜地风推叶动，涌起绿白相间的柔和波浪，满地西瓜暴露无遗。丰收在即，种瓜人的心里，暗生着一丝丝甜蜜。劳动和时间在淡化他心头的伤痛，河漫滩上舒畅的晨风，河道里的流水喧哗，瓜地里独有的花叶清香，叶面上自由跳动的阳光，让种瓜人的心境一天天开朗起来。

一个星期六的晚上，瓜地里的瓜被人偷吃了一个。星期天晚上，又被人偷吃了一个。种瓜人心里不高兴，但这不高兴还没爬上眉梢，就已经下了心头。他想，多大一回事，不就两个瓜嘛。

接下来的周末，瓜地里的瓜又以同样的方式一天减少一个。瓜皮丢在原地，像一双双血红的眼睛瞪着种瓜人，像旋转的警灯晃动着他的双眼。种瓜人觉得，再不能这样下去了。周一到周五，种瓜人没有动作。好像是周六才决心要捉吃瓜的人，晚上就逮了个正着。

“慢点儿吃!”种瓜人站在瓜棚外,朝蹲伏的吃瓜人大声喊。

吃瓜人吓了一跳。天黑得伸手不见五指,想必是种瓜人打冒诈。这么想的吃瓜人愣住,静静地伏着,不吃,也不跑。“不用跑,我不会追你。”种瓜人将三节电池的手电筒揿亮,朝吃瓜人反方向的河岸山崖射去,说,“不射你……既然来了,慢慢吃。”

吃瓜人伏在瓜地里不动弹。他仍然吃不准,种瓜人是真看见他,还是假看见他。如果说最初听到断喝,他还有想跑的念头,当雪亮的电光刺破夜幕,他想起了电影《平原作战》,探照灯打过来,不暴露的最好办法是不要盲目行动。

夜色中,河漫滩地气微热。吃瓜人手里的西瓜散发出诱人的清香,瓜汁慢慢地渗出瓜瓤,沿着吃瓜人僵持的手心手背往下缓缓流着,像几条暗夜里出来找食的毛毛虫爬错了叶子,痒得他心里麻酥酥的。种瓜人喊过话,吃瓜人的紧张情绪松弛了不少,定定神,舌头才伸出来,舔过手上蠕动的瓜汁,听种瓜人发落。

“吃完了既往不咎,吃不完不准走。”种瓜人还说,“吃不完走了,我到学校请你。”

吃瓜人手臂发凉,然后发酸。知道自己碰上了刁钻的主儿,轻轻地挪抬了一下身子,恭敬不如从命,开始在黑暗中小口小口地啃起来。吃着吃着,吃瓜人竟然想笑,觉得今儿晚上的遭遇有点儿传奇。就抬起头来,想看看那个种瓜的人。

“吃完没?”种瓜人问。

“吃……吃完了。”吃瓜人怯怯地答。种瓜人就听到一个正处于变声期的男孩子的声音,像夏夜的河风,从瓜地上空掠过,卷起他心头一种莫名的旧痛。

“完了好。答完我的问题,你就走人。”种瓜人问,“这是第几次吃我的瓜?”

“第五次。”吃瓜人小心地答道。

“错!”种瓜人说,“这是最后一次。”

吃瓜人“嗯”了一声。他觉得种瓜人肯定爱玩脑筋急转弯,说话不容人反对,有气势,能镇住堂,不像是个种瓜的人。

“好不好吃?”种瓜人又问。

“好吃。”这时,吃瓜人已经吃完瓜,摸索着在泥沙上蹭蹭手臂,在瓜叶上擦擦掌心里的汁水,然后抬起上半身,从茂密的瓜叶间探出头来,好奇地向高处的瓜棚张望。

夜色浓得什么也看不见。种瓜人吸了一下纸烟,不过吸得很浅,烟头明亮了一下,还没等吃瓜人看清楚他的脸,又忽地一下垂滑向下,很久都不曾再动,仿佛划过夜空的萤火虫,把种瓜人拖进了久久的沉思之中。有灯火在远山上闪着,气氛有点儿像武打片中的某个场景,使吃瓜人越发好奇。

“你是谁?”吃瓜人反客为主,大着胆子问种瓜人。

“问我?”种瓜人说,“从前,我是农科所的吃瓜人;现在,我是河坝里的种瓜人。”

明灭的烟火,河漫滩短暂的寂静,让时间加重了吃瓜人浑身的酸痛。吃瓜人想起,已经回答了最后一个问题,而种瓜人还没有作出反应,就说:“我……我答了,我说好吃……”

“好吃?!好吃要晓得松手!”种瓜人突然发起火儿来,“滚!”

吃瓜人一翻身,站起来要跑,腿已经发麻了。拐了几步,还没恢复正常,已经刺向夜色深处。跑着跑着,却停了下来。让他怅然若失的是,没来得及看清,那个种瓜的到底是个什么样的人。

走出旱枯梁

○何　涌

二女子随我农转非后，杂七杂八的东西都要随我向城里进军。搬家那天，二女子用报纸层层叠叠裹那盏马灯，要带走。我说，收个没用的旧货干啥。二女子说，我答应过你挖煤的姐和姐夫，替他们收好。

十六岁那年，我学雷锋有了新举措，放自己的牛，还老爱扯些草，往二女子背篼里装。时间一长，二女子明白了，禀告她娘，说我喜欢她。

有一天，二女子娘一进院门便攥了我娘粗粗胖胖的胳膊，边说，边晃，掏心掏肺的，要跟我娘打亲家。二女子娘灿烂着脸，他婶，你们家淡狗求，打我们家二女子主意了。

我娘吓了一跳，局促得忙将手埋进厨裙里。噌，噌，蹭够了，一撒手，在自个儿粗粗壮壮的大腿上一拍，拧了眉说，他多大个东西儿？我连“跑马裤”都还没给他穿呢！

二女子娘一撇嘴角，淡狗求还小？都给我们家二女子十几个皮蛋了！

娘笑，小不成器！他爹硬说是我偷的嘴。我知道娘为啥笑。旱枯梁十年九旱，山穷水恶，山里妹寻个残疾也要嫁到山下。山下妹一听是山里娃，眼皮都不肯抬一下。

二女子娘便掩了宽嘴,也哈哈起来。问娘,你们家男子也不小了吧? 你看二女子她哥……换换亲,就这么定了。

晚上,爹跟娘说,定吧。话没落地,爹拔了烟锅,问娘,男子她中不中?

男子是我姐。那年她 18 岁,一根铁梅式的麻花独辫,齐眉的刘海,长得爽爽朗朗。姐啥都好,就小名儿不耐听,叫"换男子"。旱枯梁人祖祖辈辈都没长过素质,迷信,说要娃儿少灾好养,就得小名取得孬。我叫"淡狗求",没啥长望的意思。我姐叫"换男子",实意是想她长大了一嫁定终身,少坎坷。

不出所料,男子姐不同意。

爹的烟杆似乎堵住了,拿娘出气。爹说,嫁个木匠,油盐不愁,屈了她? 娘说,他爹,男子想考学……爹瞪娘一眼,考哪门子学? 她不同意二女子哥,二女子能上我们家门? 这么简单的道理不懂,书读肠子里了。

暑假完了,姐停学,在田里割谷子。姐的班长、学习委员等好多人到家来了。姐班上的学习委员我认识,住我们旱枯梁山脚下,白天能看清他家院子里晒的谷子。他跟我爹掰道理,说我姐是班上第三名。爹说,第一名又咋? 还不都是背草背篼的料。我知道那不可能,第一名就是学习委员,姐跟我说过。况且,第一名也不成,爹已经说死了。他们只好伤心地走人。姐只管埋头割谷,我看见学习委员冲姐的背影呆了好久,才慢慢上旱枯梁,又慢慢下旱枯梁那边去了。

他们走了,姐跑上田坎,撞进娘怀里痛哭。娘说,男子,你哭,哭出来好受些。

事实上,姐哭出来也没好受。她不停地劳动,不跟人搭话,锁着她的心锁、眉锁,直到第二年她们班考上了不少大学生。娘听了,有点后悔。爹说,男子读了,考不考得上也两说呢,前几天她老师还跟我说,原来考第一名的思想都抛锚了,没考上。

一个周末回家,有人让我给姐捎了一封地址内详的信。姐看了,话多起来,弟,我们这旮旯穷,你要好好读书。我说我读不进去。姐说,你别老想着二女子,你要老想着她,你和她就得在旱枯梁待一辈子。我说,你也要嫁在旱枯梁,我陪你。姐戳我的额,说不跟你磨嘴皮了,手电筒拿出来。我说没电池,早不用了。姐说,那就点马灯来。我问干吗,爹和娘睡了,外边黑咕隆咚的。姐说,我发夹掉田边了,得找回来。

秋天的夜空,蓝宝石般的星星悬在头顶。提着马灯,我们找几个来回,没见发夹的踪影。还找不?我问。姐说,找。我说要找你也腰弯低点,别直着腰踮着脚,跟找牛似的。

姐说,你看,沟底下也还有人没睡,亮着灯。我伸直腰,沟下是有盏灯。亮了会儿后,忽灭,忽亮,三次,然后没了动静,像睁大的眼睛看着我们山上。我说回吧。姐说星星好亮。我提着马灯站住,心想,姐也是个爱看星星的人。过了一阵,沟下那盏灯又忽灭忽明了三次。我说那盏灯日怪,咋老是隔会儿就闪,都是三次?是不是遇上特务了?

姐扑哧一笑,弟,我们也亮三次。

我说不成,人家是手电筒,揿起来方便,我们用的是马灯。说完,姐开始拉我的黑褂子,然后拿我的黑褂子反复把马灯的亮光蒙一下,亮一下,做完了三次,回家睡下。

第二天早晨,姐不见了。后来听说山脚下的学习委员也不见了。

二女子跟我的事,也让二女子娘利索地吹了。我只好死心塌地地读书,考大学。现在,月亮走,我也走,二女子死活要跟着我淡狗求走。

现在,我就要携家带口离开旱枯梁了。

我接过那盏锈迹斑斑的马灯,心中涌起对姐和她的学习委员——即我姐夫的无限思念。我说,还是算了,乡下都用电灯了。二女子说,那就让我收着吧,要不是这盏马灯,你和我一辈子就待在旱枯梁了。

高山流水

○程思良

江湖上，提到“玉箫生”萧楚南与“银剑圣手”廖无忌这两位后起之秀，无不称誉。只是谁也不会想到，他们会在擂台上一决高下。其实，出身武术世家的他们，均非好勇斗狠之辈，可是，因了一个人，他们不得不分出胜负。这个人不是别人，乃潇湘山庄的庄主大侠燕垒生的掌上明珠燕飞飞。

江湖上风传燕飞飞不仅有倾国倾城之貌，且深得其父武功之真传，能飞花摘叶，杀人于无形。各大武林门派中的青年才俊，心慕燕飞飞，纷纷前来提亲，然而，唯有萧楚南与廖无忌让燕飞飞心动。萧楚南与廖无忌的面影在她的心中倏来倏去，一连多日，夜不能寐。父亲看在眼里，痛在心里。

一天，父亲来到燕飞飞的闺房，对女儿说：“飞飞啊，萧楚南与廖无忌都是人中之龙，要不，让他们打擂，一决胜负，如何？”

燕飞飞腮飞红云，低着头，轻轻“嗯”了一声。

打擂定在四十五天后，也就是七夕这天。

七夕这天，潇湘山庄的演武场上，人山人海，观者如堵，其中多有各大门派的高手。日上三竿之时，比武正式开始。高高的擂台上，一袭白衫的萧楚南，其玉箫神出鬼没；一袭青衫的廖无忌，其银剑剑走龙蛇。正所谓棋逢对手，将遇良才，激斗三百回合，仍然难分高下。燕垒生惜才，怕他们力竭伤身，示意本日比武结束，让他们好生休养，明日再战。

是夜，廖无忌想到明日战事，心忖没有必胜之术，便悄悄地去拜谒一些前来观战的武林耆宿，讨教打败萧楚南的绝招。那些武林耆宿，均为廖无忌之父的至交，无不将看家本领授之。不过，他们教授之时，均反复叮嘱，一时之功，徒有其形，要真正练成这些看家本领，须苦练多年的。

萧楚南亦心系明日之战，不能入眠，索性起床，但他没有去向武林耆宿求教，而是踏着漫天月色，来到潇湘山庄的后山松林中，坐在一块龟形大青石上，掏出玉箫，对月吹箫。《春江花月夜》的幽幽箫声，在溶溶月色中，袅袅如萦云，悠漾如碧波。吹完《春江花月夜》，萧楚南忽然忆起燕飞飞曾跟名师学过筝的，便吹起自己最心爱的那支曲子《高山流水》。云山苍苍，江水泱泱，那悠扬流畅、淡雅清新的箫声，如倾如诉，在月夜的天空中寻寻觅觅着知音……

吹罢《高山流水》，萧楚南痴痴地凝望着月色下的潇湘山庄，心中的怅意一层深过一层。

突然，从潇湘山庄的后院里，飘逸出优美动听的古筝声。萧楚南一怔，细听，那分明也是《高山流水》！那筝声，巍巍乎若泰山，荡荡乎若流水，天人合一，物我两忘。萧楚南听得如痴如醉。待筝声消逝，萧楚南又吹起了《高山流水》，他吹得那样忘情，箫就是他，他就是箫，人箫合一，倾诉着他的千千心曲……

次日再战。前二百回合，萧楚南与廖无忌依然旗鼓相当。二百回合后，在廖无忌频出怪招之下，萧楚南渐落下风。萧楚南心下惶急，手中的玉箫渐乱方寸。眼见萧楚南就要落败，这时，潇湘山庄的一座高耸的阁楼上，筝声乍起。那筝声，不是别曲，正是《高山流水》！萧楚南心中一凛,斗志猛生,在筝声中,他人箫合一,心到箫到,指哪儿打哪儿……五十招后,玉箫点穴,廖无忌僵在擂台上。

洞房之夜,萧楚南望着楚楚动人的燕飞飞,问道:“飞飞,你为何在危机关头出招救我?”

燕飞飞腮飞红云,不胜娇羞地说:“知音世所稀。”

“江湖都纷传你能飞花摘叶,杀人于无形,当真?”

“其实父亲并没有传授我任何武艺,不过,筝,不是武器吗?”

六指琴圣

○程思良

天说黑就黑了。过了山脚下的这座龙门客栈,就再也没有借宿之处了。萧云逸驻马踟蹰了片刻,又扬鞭驱马疾驰。一路上,过往之事在脑海里云起云落。

三年前,师父云中子让萧云逸与师兄楚天南下山,遍谒天下的古琴大师,三年后的七夕这天的卯时,务必赶回天籁琴院,向师父演奏所学琴艺。若过了卯时未到,就不必来见他了。师父的话从无戏言。

萧云逸原本不必这么匆匆赶路的。十天前,过野狼谷时,他喝了有毒的山泉,在客栈里病倒了,一睡就是两天两夜。梦里,尽是小师妹柳湘云与师兄楚天南的面影,倏来倏去。第三天刚破晓,萧云逸再也躺不住了,强撑病体打马上路。

他能不赶路吗?三年来,师父的话,他不知道琢磨过多少次了。他懂得师父的良苦用心,让他与师兄下山游艺,是为了博采众长的;让他与师兄一同下山,是为了激发他们的进取之心,没有师父在,也不敢懈怠的。可是,为何将比赛之日选在七夕这天呢?师父无意为之,随便挑了个日子吗?可师父从不是随便的人啊!有意为之?难道他与师兄对小师妹的心思师父早已了然?要在那天通过比试琴艺来定夺?师父对他与师兄都视同己出,除了琴课严厉,其他方面无不如慈父一般的……他思来想去,硬是想不明白。

萧云逸与师兄都是师父从乞丐群中挑出来的。师兄比他早两年到师父门下。师兄比他大一岁,他比小师妹也只大一岁。小师妹从小就没有娘,师母在生小师妹时不幸走了。师父再未续弦,对小师妹疼爱有加。十几年来,他们一起跟着师父学琴,不练琴时,他们就到琴院的后山嬉戏,那里的每一个山洞,都回荡过他们的欢声笑语。

萧云逸清楚地记得,七岁那年,师父将他带进天籁琴院时,小师妹打量着他,突然拉着他的右手,惊奇地说:“怎么多了一个指头? 能弹琴吗?”师父瞪了一眼小师妹后,她赶紧缩回了手。那一刻,他羞得满脸通红,要是身边有刀,他准会拿刀砍去这个多出的指头。他暗暗发誓,一定要好好学琴,让小师妹对他刮目相看。除了那次,小师妹再也没有嘲笑过他的六指了。

萧云逸的琴艺进步很快,从不称赞弟子的师父,有一次竟然在他弹完一曲《广陵散》时,面带微笑地微微点了点头。

小师妹第二次说萧云逸的六指,是他十五岁那年。这年的中秋,棋坛名宿师伯松风子来天籁琴院会师父。师父一时兴起,让他们师兄妹献艺,请师伯松风子雅正。松风子听了小师妹与师兄的演奏后,点评一番。萧云逸演奏完,松风子沉默了片刻,叹了口气,掉头对师父说:“吾辈老矣! 此子比吾辈多出一指矣!”师父微笑颔首。从琴室出来后,小师妹朝萧云逸做了个鬼脸,娇声说:“二师兄,师伯对你青眼有加啊! 说你多出一指呢! 只是我不明白,这多出一指到底是何意思?”萧云逸的脸倏地红了,他望着小师妹,摇了摇头。这天之后,萧云逸感觉小师妹看他与师兄的眼神似乎有了微妙的变化。

离开天籁琴院的那天,萧云逸永远不能忘记小师妹最后看他的眼神,是柔情? 是期许? 是怅惘? ……

三年的游艺中,萧云逸拜谒了几十位琴坛耆宿,然而,所有的收获都没有他从了空禅师那里获益多。在了空禅师那里，他的琴艺进入了另一境界……

次日卯时，萧云逸终于赶到了天籁琴院。师兄已于两天前赶到了。师兄先演奏。他的琴艺大为精进，师父听后，频频点头。师父示意萧云逸演奏。当萧云逸从琴匣里拿出焦尾琴时，师父怔了一下，旋即露出了微笑。师父看到的是一把无弦琴！

三日后，萧云逸与柳湘云举行合卺大礼。洞房里，萧云逸望着柳湘云，说："师妹，现在我可以回答你，师伯松风子当年说我多出一指的意思了。"

"你不用说，我已知道了！那是心指，对么？"

千百年后，琴坛还在流传"六指琴圣"萧云逸擅奏无弦琴的佳话。据说，他的琴艺具有神奇的魔力。

两支银凤钗

〇程思良

父亲临终前，翕动着干瘪的嘴唇，叮嘱我："收来的银器，无论多么精美，都要在卖者面前，立刻毁坏。"我的眼泪止不住地溢出眼眶。

清溪镇，提起我的父亲，没有人不知道的。清溪镇伢子们脖子上挂的银项圈、长命锁，大姑娘小媳妇们佩戴的银钗、耳环、手镯，大多出自我父亲之手。那些银饰，无不精美。

我家是银匠世家。熊氏银铺就坐落在清溪镇的码头边。银铺虽小，却已有上百年的历史了。咸丰年间，我父亲的祖父已将银铺开在这里了。清溪镇人都清楚，熊氏银铺有个不成文的规矩，不收异姓徒弟，只传嫡长子。

我的祖父去世后，熊氏银铺里，就我父亲一人，既当老板，又做伙计。父亲特别爱琢磨手艺。每次去省城，眼睛总爱往大姑娘小媳妇们的头上、脖子上瞅。有一次，被人当作不正经，打得鼻青脸肿的。父亲不长记性，下次去省城，眼睛又会不由自主地往大姑娘小媳妇们身上瞅。看到造型精美特异的银饰，回来后，父亲就会仿制。父亲制作的每一件银饰，都是独一无二的。乍看，有些银饰似乎差不多，若细察，还是能发现其中细微差异的。清溪镇人都说，父亲的手艺虽传自我祖父，但已青出于蓝而胜于蓝了！

父亲的银铺也兼收旧银饰。有人遇急事,又无处借贷,便将家中银饰拿来卖给父亲。这些收购的银饰,哪怕是父亲亲手制作的,也会在坩埚里化为银水,不久,便又变成另一精致银饰,佩戴到了别人的身上。

然而,在我出生后三个月时,父亲却犯了一生中都后悔莫及的一个错误。一天傍晚,一位异乡人匆匆来到熊氏银铺,递给父亲一支银凤钗,父亲打量着银凤钗,当即就惊呆了！这是一支无比精美的银凤钗,钗头上的凤栩栩如生。父亲将钱付给异乡人后,叹息了一声,没有立刻毁坏银凤钗。

接连多日,父亲一干完活,就拿起银凤钗点点滴滴地琢磨,父亲时而蹙紧眉头,时而会心一笑。父亲终于动手仿制银凤钗。三日后,父亲仿制的银凤钗诞生了！除了父亲自己,谁也分不清两支银凤钗,谁真谁仿。看着这对孪生姊妹般的银凤钗,父亲内心充满了矛盾。要送一件自己最得意的银凤钗给我的母亲,这是当年父亲与母亲在清溪边的那棵老槐下私订终身时,对母亲的郑重承诺。可是,盯着那件美轮美奂的真品银凤钗,父亲却怎么也下不了手。父亲最后叹了一口气,再多留几日吧。

父亲没有料到,就在他成功复制出银凤钗的翌日,那位异乡人又匆匆踅入银铺,焦急地对父亲说:“熊师父,我前几日卖给你的那支银凤钗还在吧？我想赎回来。”父亲一愣,自己最担心的事终于发生了！父亲正要开口,那人扑通跪在地上,泪流满面地说:“熊师父,那支银凤钗是我家的祖传之物,我许诺送给一个人的。那天毒瘾发作,我一时糊涂……熊师父,那天我见你没有当场毁坏的……熊师父,要是没有了银凤钗,我也不活了!”

一日,母亲抱着我到镇上最大的那家丝绸铺挑绸料。在丝绸铺里,母亲看到一位妖娆的女子,她的头上也插着一支银凤钗。母亲细细打量着，与自己的一模一样。当晚，母亲在父亲睡熟后，悬梁自尽了。

母亲在绸缎铺遇见的那个插着银凤钗的女子，是清溪镇天香楼的花魁春香。

画　笔

○陈美英

画家找了间郊外的仓库作为新画室。搬家那天，学生们把东西整理好并离去之后，画家就将自己倚靠在简陋的新画室窗口看风景。

画家小时候喜欢站在屋门口看风景。那时候，故乡的浅丘低低地伏在天际，白云就在那里盘踞不动。每顿都只有稀粥喝，他只能望着稀粥里那个飘摇的人影，对着这个影子憧憬未来。

他认为自己是有未来的，并且会有一支画笔，可以用来描绘大千世界甚至讲述梦境，虽然他无从得到画画的训练，因为学校的美术课都用到升学算分的科目了。他看到语文课本上的王冕放牛时用树枝在荷塘边画荷花，他就在山上割草时用树枝将山风和青草画在岩石上。

搬家了，他终于有了一个大画室。而且，他还有一支相伴多年的画笔。这是第一支他得到的画笔，是他后来在上学路上捡到的。

那天，阳光就像把一床温暖的金色棉被从天上直盖下来，它不动声色地躺在乡间小路上，木制的笔杆光滑得有些发亮，笔毛柔顺得就像小姑娘刚梳过的发髻。他看了看四周无人，知道这是一支在等待自己的画笔，就毫不犹豫地拾了起来。

他不知道怎么用它，知道的时候，他已经可以画出一些比在岩石上更美的画，并且被一个真正的画家看到了，他终于得到了正规的训练，但这对他已不重要。他的创造力力破纸背，流露的色彩完全不是经过正规训练的人可以找到的。他后来用过许多画笔，只有这支保存了下来。

画家忽然想起，学生们帮他搬家，这支笔放在哪里了？于是他离开了窗口，揣起慌乱如麻的心，要在新画室中寻找一种久远的存在之物。

天色渐渐暗下来，远处的城市被笼罩在雾霭中，显得若隐若现。这个画室在高高的山丘上，画家知道从此他会描画一种新的风景了。当清冽的晚风从窗口涌进来时，他顺利地找到了它。

这支画笔被学生们放在堆放画布的格子里，从那靠窗的橱柜中，他轻轻地拿起来，是的，他已经好久未曾用过它了。它身上粘了一些灰尘，就像睡了很久似的，茫然地裹着一件梦里的衣裳。那些陈旧的笔毛凌乱不堪，似乎欲说还休却又不知所指，他仔细地擦了又擦，怎么也弄不干净。

前段时间，画家什么也顾不上，画笔当然也拿不起来。在经历几度崩溃的生命动荡之后，他庆幸自己还活着，然而又有种巨大的恐慌，怕残存的一切也会像他曾经失去的一切那样无法自持。

除了是个画家，他更多地认为自己是个不会生活的人。恐慌像潮水一样日复一日击打着他，在冬天来临之前，他决定自主一次，就想到把画室连同自己从逼仄的闹市搬到郊外这个临时找到的空房子里。这房子以前是做仓库用的，那个农民告诉他，记不清堆放过什么东西，反正他要的话，也是以仓库的价钱租给他。

这正适合他，戴着脉脉温情的各种名目手套的命运之手将他撕扯得差不多之后，也许如此简单清静的处境足以容留他，以及那些还没来得及创作的天才之画。

他坐了下来，画室里有椅子，唯一的一把。好在学生们没有忘记把椅子也搬来，他站在窗口太久，腰腿都酸了。窗外只剩下一片漆黑，城市和雾霭都不见了，夜晚以它宽大的手掌把天地悄然合上，遮住了这道巨大的伤口。

过了很久，他站起来开始作画，可是这支笔太重了，醮上油彩简直就拿不起来。他使劲甩了甩，把手都快甩掉了。

它近在眼前并被握在手中，却像是退休了。

也许，画家忽然想到，是太久没有拿起它了，它对他感到陌生了似的，就像他几乎不能面对的自己。在俗世中，它和他都不能真正舍弃一些东西，不能做出一种叫作洒脱的抛物线的动作，除非各自都能真正独立，甚至藐视一切。

他从乡下刚到这个城市时，什么也没有，连抬头走路都不能。可那时，他却有那仅仅是一低头的轻松，甚至一无所有的轻快。后来他得到了很多，可是也逐渐失去了很多，岁月夺走的，可不仅仅是青春。它身上厚积的灰尘似乎是在告诉他，它的确是忠诚的朋友，但是他和它也仅仅互相拥有过。

画家停了下来，将这件存在之物轻轻地放在橱柜的格子里。画笔上的灰尘将会日复一日地愈加厚重，但他不打算去掸，因为这一切都将被时间流水似的湮没。虽然冬天已经来临，他一旦明白这一点，就将那扇可以看风景的窗户永远地敞开了。

人遇黄昏

○陈美英

我不停地在山间走着，直到一个黄昏来临。

雾气弥漫，天边变幻的云彩正在淡去，夕阳在山脊跳起最后的舞蹈。我从泛黄的野草里一路践踏过去，转过突兀的山壁，眼前出现了一片鲜花盛开草木丰茂的开阔地，一个少年站在边缘那棵高大浓绿得像拉直腿的逗号的桉树下。晚风徐来，少年的衣袂随风飘动着，和树叶一起飒飒作响。

他转过身来，好像预知了我的来临，向我微微一笑。我的天！他真像我小时候的样子。那忧郁的眼神，那挺立的身影，穿在他身上显得有些瘦小的灰色衣服我也有一件。

“你来了？”他笃定如树，似乎认识我？他身后是悬崖和深渊，对面的山崖很远，我看见夕阳继续沉落，晚霞正在淡去，雾气在山间缠绕，他的衣服像树叶随风起舞。“我等你很久了。”他亲切的话语犹如我最熟悉的朋友。

我站在他身边，竟不知所措。

“你老了，”他痛惜地道，“你不过三十岁啊，怎么这样沧桑？”

他的目光似乎是我的池塘能倒映出我的影像，我看到我的脸苍老憔悴，我的身影单薄蹒跚。少年已老，我差点站立不住，我的确这样了。

他说:“跟我来吧。”

沿夹缝似的道路走着,前面似乎没有路了,我拉住他的衣袖不禁问道:“你带我去哪里?”

他不回答,我只好跟着。转过山壁,来到一个镜子般的湖泊边。看着湖里的倒影,一高一矮,我们长得那么相像!他微微一笑说:“你心里也有这样的镜子,对不?”

是的,那是老家门口的池塘。它不大,却像镜子一样明澈,边缘有几棵似乎长不老的树。放学后,我总在池边做作业,那时池塘里燃烧着黄昏里热烈的天空。在拿到与理想背离的录取通知书的黄昏,我却让它分担我无助的向命运低头的疼痛和自知踏上不归路的脆弱,让我的泪水一滴滴落进池中一圈圈荡起的涟漪的中心,从此木偶似的远走他乡。

“你哭得好伤心。之后,你去你不愿去的地方开始了以后的生活。现在你还因此匍匐,也许还不能真正离开。”他说着,摘下了湖边盛开的紫竹花,并把这株滴露的花拿到我面前:“你的梦还在吗?”

“当然!”我急切地道,“只是我能在哪里?梦怎么成为现实呢?这是我最痛苦的事情。”

“你好好看看这花上的露水。”

我接过来,看见花上的露水飘摇着,如同弥漫得越来越深的雾气。细长的花瓣模糊,像一个清瞿的老人绽开着笑颜,紫色的梦幻在自我的确定中温润并强壮了它的内心。

“带上它吧。”他说,并往前走。

我们一前一后转过山崖又来到了先前的开阔地,站在桉树下看着坠崖的夕阳,久久不曾言语。

手里的花似乎在枯萎,当我把目光再次落到露珠上时,看见了那圆满的最后的天光似的闪耀。我惊道:"啊——"紫竹花就从手里飘到草地上,顷刻成了一团干枯的花影。我也像它摇摇欲坠,少年用羸弱而坚定的臂膀拖住了我,使我再次站定。他把手放到我的胸口停了片刻道:"还好,你的心还在跳。"

"你究竟是谁?"我终于想到这个问题了。

"我是谁?"他的眼睛黯淡下来,就像池塘在黑夜里不再反光,"我不能告诉你我是谁,因为我和你一样会为此迷惑。可我认识你!相距十多年,我还认得出你。你在悬崖边走失后,我一直在想也许我们还会相遇,而且是在一个相似的黄昏。"他那双眼睛又明镜般照射到我身上。

我很惊讶,的确,我也对他感到似曾相识,却有些陌生。

他从灰色上衣的口袋里掏出了一个时钟,然后说:"它该不停地走下去的,可这样我们就不会相遇了。我等你好久了。你走之后,日复一日的黄昏都是一样的,我想等到见你的时候就可以交给你了。"他递给了我。它那金黄的外壳磨损得像老人身上被一个个日子使用旧了的证明,却缺少透明的面罩,使白色的钟面和黑色的指针都不得不裸露着蒙了尘,简直越看越像离家前陪伴我读书写字的那个嘀嗒作响的时钟。我接过来放到背包里,打算让它陪伴在我以后的行走中。

"时光不可停留,什么时候我们会再次相遇?我知道了你的心在跳动,这是我还活着的证据。你又来到悬崖边,清风依旧,我们是否会生锈?让我握握你的手。"他紧紧捏住我的手,弄得我生痛,"你将来会去翻开一本书,那书上会记载着今天我们的相遇和你曾经的来临。我们必须懂得坦然面对死亡,以及一切。"他的声音似乎有走动的时钟那自在地清点时间水滴的永恒韵律,还有那双洞悉我生存境遇的眼睛,使我站在他面前有种无法抽离的感觉。我情愿永远听他,永远看他。

然而,他像山风一样自由。“我走了。”他更紧地握住我的手,“从此,你将又是一个人了。”随后他抽出了那双少年的手,在桉树下转身向山壁后走去。

“等等！你是谁?”

他没有回头,好像说了句什么,我怎么也听不清。晚风吹得树叶飒飒作响,他衣袂飘飘地消失在更深的雾气中。

我没追赶,因为天黑前要下去,这悬崖将会是我的又一个滑铁卢还是新的起点？我不知道,可我必须知道我是谁,我将选择怎样的道路。

时钟的指针未动,我掏出来看了很久,它们总是未动,而且一直停留在一个刻度上。我越过空气的距离,从三枚明显生锈的指针上厚积的尘埃中清楚地触摸到,它的确是停止在1992年秋天那个我疯狂流泪的黄昏。

我手中的钟很温暖,就像少年刚刚抽出的那双手。

一个悲观主义者的自我肖像

○陈美英

父亲把水桶放在井台边时，他站在一旁。父亲说："你来弄！这么大了，还不会挑水？老子看你还真是女人变的？"

父亲的声音划破了水面，惊雷似的。井里的水很浅，得把桶小心地用扁担钩挂住吊下去。他看过多次父亲挑水，终于不得不自己挑了。如果父亲不在身边，他的手也许不会发抖，水桶刚触到水面就在狭窄的井壁磕了一下，就脱了钩倒灌进水里，眼看就要沉下去。

父亲一把推开他，夺过扁担，赶紧在井里划来划去，竟然把水桶钩住了，随后提了满满一桶水上来。他看见桶里的水非常安静，就像只是父亲从井里原原本本端上来的。水面上有个人影高大清晰，这是父亲。

可是他自己怎么也照不出影子来。父亲说："还不学着干活？你真是女人变的？"

父亲扔下扁担，恨恨地瞪了他几眼。父亲的眼睛都快从眼眶里掉出来了。于是他将两只手伸了伸，向着父亲站立的方向，以便接住随时会滚下的眼珠。以前父亲播种时他总跟着，也这样随时接住那些掉落的零星种子。所幸的是父亲的眼珠并非看起来那样不安稳，他倒是只看见父亲猛地转身，像将一块门板扭向相反方向，迈开双腿就在他眼里越来越远了。他站了片刻，拾起扁担，将担尖的铁钩挂住另一只水桶把，垂下井去。

父亲不在，满满一桶水竟然听话地被钩上来了。他是女人变的，一直以来父亲都这样骂他。因为他太瘦削，肌肤又似乎太过润滑，长得也慢，干不了几千年来男耕的活。他觉得已经活了好久好久，也不知道成年没有。“这娃子咋的老不长！”村里人说他这样子恐怕是娶不了亲了。

这桶水里也有个隐隐约约的人影。他摸了摸水面，平滑如镜的水面就跟父亲扯上来的那个桶一样，他看到那个桶里父亲的高大身影还在，这个桶里的影子很矮很瘦，怎么也看不清。

“哎，你怎么老站着不把水挑走呀？”村里的老姑娘路过井边咯咯地笑起来，不住地全身打战。她穿了一件缀着流苏的白衬衣，那些素雅的流苏也随之抖动起来，配合着母鸡一样的笑声。

“我是谁？”他第一次勇敢地提出这个问题。他太勇敢了，以至于提出这个问题。但也太懦弱了，才提出这个问题，而且他刚说出口就后悔了。他和她并不熟，他仅仅是个“长不大”的女人一样的男人，而她是人们传说中嫁不出去的老姑娘。

老姑娘看起来很丑陋，但她决不自暴自弃。她是村子里在外面打工最久的人，虽然她没有赚到多少钱，可是她已经见识过大千世界，这就令他另眼相看。老姑娘一再地捂着肚子，好不容易才将母鸡的咯咯声按下去，然后大步跨到他身旁，一把夺过他手中的扁担：“你还能是谁？你就是你嘛！”

“可是我连自己是男是女都不知道！你看，连这水面都照不出我的影子来！”

老姑娘像父亲一样扔下扁担，转身就要离去。他紧紧地拉住她的手，而他是从来不敢去拉父亲的，他和父亲的肌肤这辈子就没有彼此碰到过，也许连目光也是，而他们一直生活在一起，从来没离开过。老姑娘站住了，眼睛水汪汪地盯着他，从他的手里抽出手来转而死死地攥住他的手，他几乎有些眩晕，但是必须要稳住，他心里说。

“你是一棵树。”老姑娘肯定地说，她指了指那根扔下的扁担，又攥紧他的手，并且要将他的手弄散似的。那根扁担是用柏木做的，坚硬密实光滑而且呈现出树木特有的那种黄色，他以前却未曾注意过。老姑娘扔下它之后，它还在地上打着滚，就像长长的扁扁的自身并无棱角似的，可以沿着轴线圆周一样永远自转。可是爱扔扁担的父亲扔下它后却从未滚动过。他忽然坚定起来，可是转瞬之间，他发现自己水润的肌肤变得干瘪，浑身就像树皮一样皲裂开来。

也许他真是一棵树。他忽然想到，然而老姑娘却在他的眼里变得年轻，和少女一样水嫩透亮。他忽然就觉得自己长大了，而且老了。这该是喜是悲？

他想把老姑娘拥进怀中。可是那个少女似的老姑娘不知怎的松开了手，忽然就跑了。他没有追，只来得及喊道：“谢谢你！”

“谢我什么？你太天真了，把别人说的什么都当真了……你把自己当真过吗？”

她很快就跑出了他的视线，从一弯又一弯的山洼里消失了，山风从起伏的山峦间涌了过来。他开始独自挑水回家。桶里的水跟着他的脚步动荡起来，什么人影也没有了。他有些诧异他是第一次挑水，却没想象中那样重。

风筝劫

○青　铜

桥镇北郊，是一块荒地，生着一人高的红麻和黄蒿，一座柴门疏篱的小院把炊烟高举在风中。炊烟之上，是云朵和鸟；是大大小小的风筝，随风飘摇。

这些风筝，有时是轻孺的软翅，有时是硬朗的板子，有时又是姿态曼妙的串子。春天风软，蜜蜂与蝴蝶争艳，沙燕与仙鹤竞翔，天空便是它们的花丛；夏天风硬，鹊桥会、梁山一百单八将纷纷亮相、天空便是他们的情场和战场；秋天，风烈起来，百尺长的飞天蜈蚣才能舒展筋骨，一飞冲天；只有冬天，风猛，钢筋竹骨的双鲤鱼才能腾空直上，悠游在云朵之间。各式风筝，带着不同的哨子：鹞鞭、竹哨、响弓，音色清润，高低不同，似飘飘仙乐从天空缓缓降临。

每每听到风中传来悠扬的哨声，桥镇人就知道，风筝王又在放风筝了。

此时，风筝王已回到小院，坐在一只蒲团上，扎风筝。他腿上蒙着块破围裙，用薄而利的蔑刀，劈出极薄的竹青，再上火炙烤，细察那火色，由红转绿，由绿转青。就是这些普通的竹子，在风筝王手里神奇地弯曲着、变化着，逐渐成形，之后是画样、上色、涂绘勾描。做这一切的时候，风筝王总是眯着细长的眼睛，尾指微微翘着，像个绣花的女人。

他时而抬头望一眼那只翔舞的沙燕，眼神就飘摇得不知去向。

那年，风筝王借一出“风筝会”赢得珠儿芳心，乘着一场大风，用一面双鲤鱼板子风筝将珠儿从绣楼上“偷”出。那真是一次奇妙的旅程，他和他的珠儿，乘着风筝，驾驭着呼啸的海风，仿佛一对神仙眷侣。他忍不住就放开喉咙，唱起了家乡小调：

“南风呀没有北风呀凉，荷花呀没有桂花儿香，燕子呀垒窝嘛在高楼，梧桐呀树上落呀嘛落凤凰。乖姐呀爱的是咱有情郎……”

珠儿本来还两眼泪汪汪，一听这唱词儿就破涕为笑了。

风筝王携妻回到桥镇，他爹已然逝去，盐铺子无人打理，早已关门，家业荡然无存。风筝王夫妻二人却安贫乐道，自己打坯，在桥镇北头的野地里盖了座小院，开荒种粮，闲来便研究风筝，扎、糊、绘、染……

沉浸在回忆中，风筝王衰老的脸上漾起一丝波纹。他的目光追随着空中那只翻飞的沙燕，一低头，就落在篱笆外一座绿草萋萋的坟茔上。桥镇人不识风筝之趣，这些风筝，本就是给她一个人看的。

风筝王夫妇扎制的风筝，集南鹞北鸢之大成，常有人慕名前来，以百金求购。风筝王夫妻却从来不卖，只是自己赏玩。这样的日子倒也清静，一晃就是十载。

那一年，史灌河一夜之间突然见了底。河漏了！不出一月，光州大旱，禾苗可燃。当年秋，桥镇颗粒无收，未入冬，炊烟已绝。风筝王家的米囤也早已空了。此时，光州城大富商马五爷派管家过来，开出一石白米换一只纸鸢的价码。

风筝王断然拒绝。

管家抛下一句话：人都要死了，还守着那些花纸头做啥子？！

转眼进了腊月。桥镇已是饿殍遍野，珠儿也饿倒在榻上。风筝王一夜未眠，清晨，从壁间取下一只风筝，出门去了。

风筝王前脚刚迈出房门，就听到珠儿说，都拿去吧，多换些白米，给他们……

珠儿说的“他们”，是指桥镇的那些同样等米下锅的灾民。风筝王一怔，泪就涌出了眼角。

风筝王回来时已是黄昏，身后跟着一溜儿马车，驮着沉甸甸的麻袋。马车后跟着马五爷和一帮持刀护粮的家丁。

风筝王强撑着瘦骨嶙峋的身子，从堂屋、厢房到回廊的墙壁上、箱笼里，将那些大大小小的风筝一一摘下、取出，有人物风筝“判官”“钟馗”“包公”“寿星”；有故事风筝“禹工锁蛟”“刘侮戏金蟾”“吹箫引凤”“天女散花”；有花鸟、鱼虫、瑞兽、祥禽……大到十数丈长的白龙风筝，小到半寸见方的蝴蝶风筝，花样繁多，各有不同。

大米已经卸下，风筝已装上马车，马五爷忽又回身，目光直愣愣地盯着房梁上架着的那只巨大的双鲤鱼板子风筝。

风筝王摇头。

马五爷从袖中摸出六根金条，当啷一声掷在桌上。

风筝王摇头。

马五爷冷哼一声，拂袖而去。临出门，又回望一眼双鲤鱼，眼睛如同猫眼一样闪光。

马五爷并没兑现起初的价码，三百只风筝，只换来三千斤白米和五千斤杂粮。当晚，这些粮食就进了桥镇几百户人家的锅里，三个月未见炊烟的桥镇又有了一丝儿烟火气息。

风筝王跌坐在小院中，耳边仍是车轮哑哑而去的声音，那些飘然远去的风筝，仿佛已将他身体内的力气一丝丝抽尽。风筝王并没想到，正是那只他执意留下的双鲤鱼，惹来了一场祸端。

半月后的一个夜晚，一伙蒙面人闯进门来，抢夺双鲤鱼。珠儿奋力阻拦，被一刀砍翻。风筝王情急之下，将双鲤鱼撕得支离破碎。

贼人仓皇逃离。珠儿强撑起身子，坐在血泊中，绘制一只未完工的沙燕。珠儿的鲜血染红了沙燕雪白的肚腹，被巧手勾勒成一朵殷红的牡丹……

大旱终于过去，史灌河又波光潋滟。清晨，风筝王走到珠儿坟旁，将裱糊一新的双鲤鱼和那只被鲜血染红的沙燕放飞。云白天蓝，沙燕和鲤鱼乘风直上，越飞越远，与飞鸟混迹一处，真假难辨。

他知道，她能够看见。

风 筝 会

〇青 铜

清早，桥镇还沉睡在史灌河的迷雾中，风筝王就已走到蒿草丛生的野地里，挽起袖口用蘸了唾沫的指尖，试风，估摸着风向和风力，适合把他的哪些风筝交给天空。

在他细长的眼睛里，倒映出蔚蓝的天空。在他身后，柴门边立着他的女人。

桥镇没有放纸鸢的传统，在桥镇人眼里，年过三十仍未立业的风筝王，只不过是个败家子，而他那个靠放风筝赢回来的水灵灵的小女人，也只是个中看不中用的花瓶。

听到这些话，风筝王夫妇只是淡然一笑，埋头又去扎制风筝。

风筝王本无家传。他爹是个卖盐的。那一年，风筝王还不是风筝王的时候，和他爹一起去天津卫贩盐，正逢上一年一度的风筝大会。北京、天津、潍坊、南通、阳江、汴梁六大风筝之乡，均有高手前来竞争“风筝王”。桶形、软翅、硬翅、板子、拍子、串活；鸟形、虫形、水族、人物、字形、器皿；大的小的长的短的方的圆的鼓的扁的……各式风筝，漫天飞舞。十四岁的风筝王就迷了眼睛。

这其中，一只硬翅的大鹰风筝夺尽了彩头。那大鹰迎风振翅，翼展数丈，时而凌空俯冲，时而青云直上，时而盘旋回翔，竟引来数只野生大鹰,嬉戏流连,令人真假莫辨。

众人顺着大鹰风筝的丝线望去,却是一个女子,不过二八年纪,眸若秋水、唇似涂丹、鬓发如云、巧笑嫣然。一打听,原是天津卫老风筝王的女公子,芳名唤作珠儿。

大鹰夺彩,珠儿意气风发,当众夸下海口:不论今岁明朝,亦不论青壮老少,谁若胜得我的风筝,不仅让出风筝王的名号,还嫁与他做妻。

一时哗然。各路风筝好手纷纷祭起风筝,去斗大鹰,却被大鹰一一击落云头。

十四岁的风筝王听得耳热心跳,当晚,竟瞒着他爹带上购盐的大宗货款,悄然离了客栈,就此一去不回。

天津卫三年风筝大会,沙燕轻灵、巨龙雄伟,人物风筝传神,故事风筝妙趣,却终无人比得珠儿手中的大鹰,集轻、灵、巧、雄、巨、真于一身。自然也无人能抱得美人归。

转瞬四载。又是风筝大会。大鹰方自起飞,便闻一声哨响,一尾数尺长的青绿小蛇,肋生双翅,如离弦之箭直冲云霄,忽然敛翅飞回,凌空下击。大鹰临危不乱,连续闪转盘旋,翻身迎战。小蛇却仗着轻捷灵巧,双翅时开时合,弹、刺、跳、转,专攻大鹰双翅,瞅个空子,一头撞去。那大鹰本是榫接骨架,被小蛇一撞之下,脱了榫子,折了翅膀,一头栽下云端。

珠儿花容失色,急忙祭起一只鹞子。这只鹞子乃以白绢制成,并不染色绘图,系以透明丝线,飞速攀升,与长天云影融为一色,不可分辨。

这竟是一只传说中能够隐形的素鹞!

素鹞子嘴尖爪利,又能隐形,倏忽来去,往返突袭,转眼间将青绿小蛇双翅扑碎。珠儿暗自松了口气,取了一方丝巾正要擦汗,空中突然升起一只八角板子风筝,四周全是竹篾利喙。珠儿急放线,将素鹞子送上云中隐形,八角板子并不追赶,却借风势画一道弧线,将素鹞子的丝线切断。

断了线的鹞子顿时随风飘逝,一去不返。

珠儿又羞又怒,抬眼,见一位眉清目秀的白衫少年,手中提着那只八角板子风筝,排开人群走来,大咧咧地说,姑娘,俺胜了你的风筝,从今儿起,你就是俺媳妇儿了。

珠儿这才记起自己四年前夸下的海口,一张俏脸顿时涨得绯红,啐道,你耍赖!使这卑鄙手段。有本事,咱们来个风筝会,光明正大地比一场!

少年满口应承。

所谓"风筝会",颇有程序讲究。二人从风筝造型、色彩、图案,从桶形、软翅、硬翅、板子、拍子、串活,一一比来,少年总是技胜一筹。珠儿怎肯认输?又比故事。你出一个"麒麟送子",我便出一个"麻姑献寿";你出一个"八仙过海",我便出一个"百鸟朝凤",少年的故事风筝却似取之不尽。

便要比大。珠儿祭起三丈方圆的龙睛金鱼,风筝王却放出百尺来长的飞天蜈蚣。

便又比小。珠儿放飞巴掌大小的黄莺,随风飞舞,姿态可人;少年却取出寸许见方的蝴蝶,却似花瓣制成,栩栩如生。

偌大的会场,人山人海,却不闻人声,不闻气喘。珠儿汗如雨下,少年神情自若。斗到最后一个回合,珠儿无计可施,只得认输。

那少年便是风筝王。自四年前在风筝大会上对珠儿一见倾心,于是走南闯北,遍访名师,学习扎制风筝,又勤习绘画渲染之技,一心要赢得珠儿为妻,这才有了这一场前无古人、后无来者的风筝会。

经过一番比拼,珠儿已是芳心暗许。谁料回到家中,却遭来父亲一番喝责——自古风筝世家,都想争当风筝王,怎甘心输了名头还赔上个闺女?

珠儿被反锁在绣楼之上,哭成了雨打桃花。三日后,大风突起,吹过庭园。夜半,珠儿正以泪洗面,忽然听到有人叩窗,推窗一望,白衫少年骑着一只桌面大小的双鲤鱼风筝,飘浮在空中,笑吟吟地望着她。

花树下的暗影中,老风筝王目送双鲤鱼载着少年和女儿在大风中飞远,不禁抚须长叹:果然是技高一筹!

不会说话的人

○曹　秀

老黄牛像他的名字一样极有个性,与他在一起的人都说他不会说话。尤其是在吃饭场合,只要他一端酒杯,就会有人站起来为他打圆场:他不会说话我替他说。言外之意是想告诉其他人不必跟他计较。

起初他认为这是为他好,朋友之间随便说说而已,时间久了他发现情况并不是他想象的那样。酒桌上,所有人都在议论,谈笑风生,唯有他不能说话。有一次,一位编辑来此,当着他的面与另外一位朋友谈笑风生,他们说话时就旁若无人将他晾在一边,如同没有他这个人,因此他的自尊心受到伤害。

这怎能行呢?于是,他想方设法改变自己,可是每当他想说话时都有人说他不会说话,一下就把他的风头抢走了。于是朋友们便不再听他说话,至于他在场与不在场已经无关紧要,久而久之他就成为被看不起的人了。

一个作家写出文章不能发表、心里有话不能说的确是一个伤害,别说作家,就是普通人也会受不了。要说老黄牛也够怪的,人家越是这样说他不会说话他越给人家留面子,而他只好忍气吞声不再说话。看着他人吃,看着他人喝,而他只有低头生闷气。除非有人主动与他说话,询问一些问题,他才能回答。

我一定要说话，曾几何时，老黄牛针对自己的行为给自己下了命令，希望下一次改变这种作风。可是由于以前有了这种印象，朋友们对他习惯于不说话了，即使他想说话也没人听他的，他也不可能抢别人话茬。

有一个时期，他不说话感到很痛苦，恨不得见人就说话，可是见面后他又不说了。渐渐地，他发现，不说话有很多好处，与人不争不吵不闹，还能安定团结，不论什么样场合，不论与什么样的人见面，都安然无恙。有了这发现，老黄牛从此顺水推舟，不再与人说话，以不会说话自居。

一晃三十年过去了，老黄牛老了，奇怪的是，有人开始找老黄牛说话了。一有人情就叫老黄牛，谈笑风生，说些往事，可惜的是，老黄牛不想说了，他很淡漠，由不会说话到不想说话了。

有一天，很多朋友们聚会，席间，有人提出请老黄牛说话。他们说老黄牛一辈子没说话，这次说什么也要说些什么。老黄牛说我不会说话，可是有人提出不会说话也要说，想说什么就说什么，没人批评。

老黄牛不说，朋友们非要他说不可，还说他们非要听他这不会说话的人说话不可。

面对朋友们，老黄牛感慨万千，如果说三十年前让他说话该多好，如果三十年前他随便说话能是现在这样吗？如果每个场合都有他说话的权力他能是现在这样吗？有人以为老黄牛一定会说长道短，可是错了。老黄牛站起来，面对朋友们他只说了一句，我不会说话。然后坐下了，他的坐下让有些人感到扫兴，威信落地。

老黄牛不会说话，不等于他不想说话，他会说话，不等于他想说话，人世间有些事是可以说的，有些事是不可以说的，祸从口出，谁都懂得这道理。话是从嘴里说的，是自由的，可是有时面对环境说话不一定就是自由的，有可能还需要被限制，没有自由的，或失去自由的，老黄牛有了一张嘴,一辈子没有说出自己的话。

其实,老黄牛不说话对谁都好,没有火药味道,与世无争,人人都有安全感。如果他说了,看见不平的事他要管一管,看见那些欺骗人的事他要愤怒,面对环境污染他能无动于衷吗?凭着他的个性,他岂能视而不见或袖手旁观?然而,如果他一旦说话,他将会得罪多少人?毁了多少人?

不会说话是多好的借口,有多少人想方设法寻找借口也找不到,而老黄牛找到了,找到了保护自己的借口,同时也找到了保护他人的借口。这是老黄牛一辈子的人生经验,也是其他人所不知道的。

雪山赶狼

○曹　秀

象牙山的狼群吃了一匹马，队长急了，下命令："一定要把狼赶走，否则人与马都危在旦夕……"

队长一句话，所有劳力都出发了，知青也是全体出动，漫山遍野赶狼。

有经验的人知道，赶狼是体力活，也是危险活。经常是三人一组，五人一串，否则一个人是对付不了狼的。

知青点长当过猎人，跟猎人也学过，他要求自己独自一组。

多一组多一个侦察方向，队长想了想，同意了。

知青如此，其他猎人也是如此，纷纷要求自己一组。可是队长说："不能都分开呀，万一碰上群狼怎么办?"

猎人说："别忘了我们是山里的猎人，应付狼我们还是有经验的。"

猎人这样说不是自不量力，他们知道狼也是很凶恶的，弄不好极有可能碰上狼群。可是知青能如此，猎人的自尊心也是要的，提出这样的要求也是很必要的。点长走了，猎人走了，其他人纷纷离开，寻找狼群。

雪山赶狼是危险活，也是振奋人心的事。几百人，或几千人，齐心协力叫喊，叫得吓跑狼了。奇怪的是，当所有人扑上山时，居然没见狼群，甚至连一只小狼也没看见。狼群呢？

山里的一个老猎人说狼群早在他们上山找狼时就已经转移了，现在想找到它们只能等到春天雪化了，否则谈何容易。还有人说，外地人看见狼就来打了，可是他们没打到狼却被狼吃了，于是狼见人就吃……

是真是假，只有见到狼再下定论了。有此凶恶的狼在，队长仍旧下令寻找狼，打狼。于是，一群人上山、下山，猎手搜索，没发现狼的线索。队长来了脾气，非要找到狼不可。于是，再搜索，还是没发现狼群。

忽然，有人发现，山下林区有狼，队长率人去林区，还是没碰上狼。

怎能没狼呢？不可能碰不上狼的！村里人商量具体办法，希望找到狼，与它们决战。

其实不是没狼，是村里人没碰上狼。

这群狼十分狡猾，头狼更是谋略过人，原来它的小狼被一个年轻人打了，于是它来报复。

头狼狡猾，它知道村里人每天在干什么。当人聚集时它们就逃走，当人分散时它们就聚集。

让头狼没想到的是，它的计划被一个小孩子毁了。那些天它带动狼群与人周旋，得寸进尺，以为没有人能把它们怎么样。当人群再次离开村子时，头狼带着它的狼群来到村子，开始袭击鸡鸭等家禽。可是，当它们来到一家小院时，发现这家大人不在，只有一个小孩子在炕上玩。头狼欢喜，吃个小孩子的机会就在眼前，于是它开始朝小孩子扑来。就在这时，玩耍的小孩子发现了狼群，而且看见有一只凶恶的狼朝自己扑来。

小孩子灵机一动，从墙上拿来猎枪，迅速朝头狼射击。只听砰的一声，头狼倒下，身下是一摊血。其他狼吓得掉头就逃，小孩子又是一枪，再次打倒一只狼。这下，狼群逃得更快了。

当村里人听见枪声返回时，狼群已经逃得无影无踪，然而让他们不解的是，寻找很久的狼居然被小孩子截了，这事可有点悬。当然，狼也不理解，狼逃避猎人的眼睛，可是没有逃过一个小孩子，被小孩子一枪击毙。

队长问小孩子，你不怕吗？

小孩子摇头，不怕，怕它就被它们吃了。

队长又问，让你跟随我们找狼你愿意吗？

小孩子点头，愿意。

于是，一伙人再次上山找狼，小孩子悄悄隐藏在一个树林里。

果然，狼在此经过，小孩子又是一枪，将狼击毙。

有人问小孩子，你是怎么知道狼在此经过的？

小孩子说，山上有雪，雪地有草，草地是绿色，狼是黑色，看着黑点就可以开枪了……

蹲在墙角哭泣的孩子

○王东梅

方子眼里的泪珠,就像流到悬崖边的溪流,来不及在青苔上打愣,就跌落在半山腰凸起的岩石上。四分五裂,像方子的一颗心。

擦掉眼泪,方子似乎看清了,那不是半山腰凸起的岩石,是自己小小的膝盖。方子正蹲在墙角,双肩一耸一耸,幅度极夸张。

大成哥找方子找到了墙角。大成哥胯下那辆自行车,尖叫着,几乎要刹在方子一耸一耸的双肩上。"小子,又挨揍了。"大成的肯定口气里似乎有一种幸灾乐祸。

方子不理会大成哥,把头偏向一边,两肩继续耸着,但在努力降低着幅度。

"小子,你欠我的五十块钱,抓紧还。"大成说完,脚尖轻轻一点,自行车就向前奔去了,身后留下一串嘿嘿的坏笑声。

方子抬起头,冲着大成的背影,喊了声:滚!

街上的嘈杂淹没了方子的啜泣,方子觉得这样哭下去很没意思,伸手抹了一把脸,侧耳听听,院子里没有奶奶的脚步声。方子有些失望。

方子捡起身边的一颗小石子,胡乱地在地上画着。大成哥去哪了呢?一定是去了网吧,想起网吧里的那些电脑游戏,方子的心里仿佛有小虫子在爬。大成哥第一次带他去网吧,方子就喜欢上了电脑游戏——玩游戏的时候就不会再想那些烦人的作业,也不会再想妈妈。

妈妈!妈妈,你现在在哪呢?

方子低头看的时候,发现自己竟然写了那么多的“五十”。五十块钱哪!这两天如果不是和大成哥去网吧玩游戏,也不会欠下他五十块钱。如果不是去网吧,也不会落下那么多的作业,也不会旷课,更不会再次挨爸爸的打。五十块钱!怎么还呢?上次欠大成哥的十块钱,为了不让爸爸知道,是他把同学的自行车推出去,请大成哥帮忙卖了十五块钱,才还上的。大成哥还要了五块钱的提成。唉,这次怎么还呢?

愁啊,方子又想哭了。

街上人来人往,人们大声说笑着,从他身边走过。没有人注意到角落里的方子。街对面,卖冰棍的刘婶趴在冰柜上,扬起下巴,远远地望着他,眼睛笑眯眯的,却没有要过来安慰他一下的意思。

方子狠狠地一屁股坐在地上。刚挨着地,屁股火烧火燎地疼起来,方子不由得恼火了:你个老东西,老师一个电话你就对老子下黑手,你等着,等你老了,看老子怎么收拾你!

——皮带蘸水,绑在树上抽,是亲爹吗?

方子一边丝丝哈哈地吸着凉气,一边轻轻揉摸着屁股。屁股不但依旧疼着,肚子又捣乱似的骨碌碌叫起来。老规矩,挨了打是没饭吃的。看看,太阳已偏西了,难怪肚子会叫呢。咦?为什么今天奶奶也不来帮自己呢?莫非又睡啦?奶奶真是老了,一天到晚就知道睡觉。

方子不由得向家的方向望了望。看到的不是奶奶,却是阴着脸走来的爸爸。方子的身子禁不住抖了一下。

“爱我你就陪陪我,爱我你就亲亲我……”爸爸的手机响了。

“喂,燕儿你在哪儿?我马上过去……哎,你别走,我马上到……

别生气嘛,我已经出门了……”

关掉电话,爸爸狠狠瞪了一眼依然窝在墙角的方子。方子浑身一哆嗦,使劲向后退着,真恨那墙太硬,要是能钻进去多好啊。

“小兔崽子,明天再不去上学,我回来弄死你!”说完跳上车,屁股一冒烟,车子就开跑了。

看着车子渐渐没影了,方子站起身,冲着爸爸远去的方向狠狠啐了口唾沫:老东西,别以为我不知道你干吗去了,听那铃声我就知道,准是那个小狐狸精。我妈说了,要不是那个狐狸精,你是不会和她离婚的。哼! 想让我去上学,然后你踏踏实实地泡女人,休想! 明天我就不去上学……

肚子咕噜噜又开始叫了。

“爱我你就陪陪我,爱我你就亲亲我,爱我你就夸夸我,爱我你就抱抱我……”邻居家的窗户里飘出一个小妹妹甜甜的歌声。

方子觉得这歌声很刺耳。

方子抄起一块半截砖,瞄一下准头,铆足力气将胳膊抡了一个圈儿,啪的一声,玻璃哗啦啦散落下来。

方子缩缩脖子,哧哧地笑着,贴着墙根儿溜进了自家的院子。

“奶奶,给我一块钱,我要吃方便面!”

多　多

○王东梅

刚下过雨，河坡上聚起一个个小水洼。多多光着脚丫子，从这个水洼跳到那个水洼，任凭泥水溅得满头满脸。

水洼里的水清凉凉的，脚丫子踏进去就有细细的泥浆从脚趾缝里钻出来。多多不停地扭动脚掌，泥浆就像调皮的孩子一样，从这个脚趾缝冒一下，又从那个脚趾缝探一下。多多觉得痒痒的，忍不住咯咯地笑出声来。

大黄狗不晓得发生了什么事，在旱地上绕着圈圈，冲着多多一个劲儿地吼。多多不理会大黄狗的关心，在水洼里踩得更欢了。泥浆们似乎比多多还要开心，在他脚下不断发出“噗叽，噗叽”的响声，惹得多多笑得更响了。

多多是自由的，他不必像城里的孩子那样，被父母逼着在闷热的屋子里弹奏单调的音符，也不必被父母看着读那些伸不开舌头的英文单词，多多可着劲儿地玩。

多多很骄傲自己有很多种玩法。他会带着大黄狗村前村后地跑上好几圈，累了，也像大黄狗一样哈着腰，吐出舌头，呼哧呼哧地喘粗气。他会一个下午都很安静地趴在屋后的空地上，看蚂蚁们怎样把大大的饭团搬回自己的窝。有时多多也会拿起笔，但很少是在写作业。

多多不喜欢那些作业题,它们总喜欢捉弄多多,喜欢看他愁眉苦脸的样子,任凭他擦烂了本子,摔断了铅笔,仍然不肯放过他。多多喜欢拿笔在墙上画,画各种各样的车,自行车、摩托车、拖拉机、小汽车、大货车,各式各样的车子占满了整整的一面墙。对着满墙的车,多多常常会问一句话:谁能带我去看看妈妈?

多多很小的时候,妈妈就去了很远的地方打工,只有每年春节,妈妈才会出现在多多面前。

谁能带我去看看妈妈?满墙的车子静静地卧在那里,没有一辆回答他的问题。

多多很失望。

失望的多多会去小河边,看枯叶下游来游去的小蝌蚪。教室里老师讲过小蝌蚪找妈妈的故事。小蝌蚪拖着长长的尾巴在河里游,它问鲤鱼阿姨:看到我妈妈了吗?鲤鱼阿姨摇摇头。它看见乌龟妈妈又大声喊:你是我妈妈吗?乌龟妈妈也摇摇头。小蝌蚪找啊找,找啊找,终于在一片大荷叶上找到了正在唱歌的妈妈。小蝌蚪,不,小蝌蚪已经长大了,应该叫小青蛙了。小青蛙挤在妈妈身边,和妈妈一起快乐地唱:呱呱呱,呱呱呱。多多很喜欢这个故事,他想,等有一天自己长大了,就去远方找妈妈回来。

多多没有把自己的想法告诉奶奶,奶奶也似乎并不关心多多的这些想法。奶奶只关心多多吃饱饭没,穿暖衣没。可是奶奶毕竟年纪大了,只这些,有时候也照顾不过来了。就比如多多穿着的这件小褂,五个扣子已经掉了仨。从第一个扣子掉下的时候奶奶就开始穿针,可阴天的时候奶奶说看不清,黑天的时候奶奶说看不见。请了邻家的李奶奶帮忙穿了几次,也穿不进去。现在扣子已经掉了仨,奶奶的针和线还分着家。

多多要自己想办法去找妈妈。

天上几朵云慢悠悠地飘过来，把刚才没有落尽的雨滴又拧了几滴下来，水洼里立时跳起几个大大的水泡。多多把一只纸折的小船，轻轻放进水洼里，气泡涌起的小小波浪，推着小船慢慢向水草后荡去。

多多像发现了新大陆一样，高兴得跳了起来。

拱起屁股，多多把两只手做成小铲子的样子，从小水洼开始，一点一点刨起来。水洼里的水追着多多的"小铲"欢快地向前奔跑着形成一道小水渠。小水渠一直通到了小河边。扒开最后一把泥沙，小船冲出小水渠，跳进小河里，晃几晃身子，顺着水流，向着下游，漂走了。

多多的目光追寻着小船，荡出很远很远。

最后一抹晚霞挂在树梢的时候，多多耳边响起了奶奶的呼唤。

回家的路上，多多想了很多。比如，小船能不能游到妈妈身边呢？比如，如果明天出太阳，奶奶是不是就能把线穿进针眼里？还比如，明天，明天应该玩些什么呢？总之，多多的小脑袋瓜是永远也闲不下来的。

一双盯着你的眼睛

○陈 伟

奋斗了十多年，廷奎当上了局长。

风光无限，这是一个实权单位。自然，廷奎成了很多心术不正者巴结的对象，成了金钱、美女导弹的轮番轰炸的对象。如果立场不坚定，就会像很多贪官一样被炸得头破血流，甚至被炸得粉身碎骨。

这些，廷奎很清楚，但毕竟也是凡夫俗子，红灯绿酒的诱惑实在太大了，廷奎开始出入一些高档娱乐场所，还收下一个外号叫“小菜一碟”工程老板的5万元人民币。廷奎急用钱——在农村有病在身的父亲急需要钱住院治疗。何况，“小菜一碟”的要求对廷奎的能力而言不费吹灰之力。

但毕竟是不义之财，廷奎很是忐忑不安。果然，钱还没花，一封匿名信就出现了，犹如千万只蚂蚁吞噬一样，让廷奎骨髓凉飕飕地难受。这封匿名信的字里行间让人触目惊心：

今天收5万，明天收10万8万，后天进牢房，恭喜了。听声劝，把钱退还“小菜一碟”吧。

一双盯着你的眼睛

既然被人发现了，前程要紧，父亲的手术费另想办法了。廷奎赶忙退了那烫手的5万元。自然，没有拿人家的手不软，“小菜一碟”承包的办公楼工程就无法偷工减料，办公楼质量可想而知。

红粉佳人，男人所好。同行中有的小蜜换得让人眼花缭乱，弄得廷奎心儿痒痒的。何况，周围就有投怀送抱的。想当办公室主任的“局花”暧昧的眼神让人想入非非。何况她有能力有水平，用她也不会遭受什么非议。就在廷奎要向“局花”举手投降时，一封信又刺眼地躺在办公桌上。

里面只一句：自古红颜祸水，远离“局花”吧！

落款又是“一双盯着你的眼睛”！

这个叫“一双盯着你的眼睛”的人让廷奎有点坐卧不安，但又不知何人所为！周围一双双眼睛好像都是又好像不是。这种似是而非的感觉让廷奎很不舒服，但存在这么一个人，让他工作上小心翼翼并时时注意自己的一言一行。很多邪念在“一双盯着你的眼睛”的提醒下灰飞烟灭，并把心思都放在工作上。

局长如此清正廉洁，局里各项工作自然运转有力，成为群众眼里的“满意单位”。廷奎也得到群众、上级的好评。

特别，在遭受地震袭击后，廷奎经手的工程巍然不动，连拇指大的裂缝都没有，犹如鹤立鸡群一样矗立在废墟中，被网友称为“虎虎生风的工程”。廷奎出了名，官也越当越大。

每到一个岗位，“一双盯着你的眼睛”如影随形，总在廷奎要走错路时及时提醒。

原本对“一双盯着你的眼睛”有些耿耿入怀，到后来，见到自己身边一些放纵自己的官员纷纷落马时，廷奎对“一双盯着你的眼睛”除了感激还是感激。

廷奎很想当面感谢“一双盯着你的眼睛”，但其总是神龙见首不见尾！

这天傍晚，下班回家，走进客厅的廷奎，看见丰盛的佳肴。

“有客人来?”

“明天是你52岁生日,可你要出差,就只好今天给你庆贺了。”妻子笑吟吟地说。

廷奎心里一阵感动。妻子真的很贤惠,她有自己的事业,可这么多年来一直默默地照顾和支持他,从来没有什么要求。和妻子对饮两杯后,廷奎突然感慨万千,他想到和他同一天出生的同学李局长:“老李如今是在监狱过生日了。我能好好地坐在家里,真得感谢那双盯着我的眼睛啊!真想知道他到底是谁。”

妻子淡淡一笑:“是啊!不过,不管他是谁,我们只要对得起良心就行了。”

我们都是木头人

○陈　伟

吴奖是一名七年级学生，是一个见书就头晕眼花的主儿，无论月考段考期考都是一路“大红灯笼高高挂”。人见人叹惜：朽木不可雕也！

然而，这是科技分新秒异的时代，科学家们想人之所想，研制出了一下子使人学富五百车的“聪明丸”！想像别人一样开窍的吴奖第一个吃了螃蟹——义无反顾地吞下第一粒聪明丸。咽下去后，吴奖感觉浑身轻飘飘麻酥酥的。蓦然发现，以前老师讲的犹如天书的知识变得小儿科了，就像回到小学一年级课堂一样。

不过吴奖的头比以前大了许多，腿却细了许多，但只要变得聪明绝顶，这又有什么关系呢？

于是，吴奖初中课程不读了，高中课程也不读了，直接参加一年一度的高考，结果总分只差 0.5 分，这还是吴奖摁一只爬到语文试卷上的蚂蚁弄脏了卷面而扣的分。当然，大学课程也不用去读了。科学家们解释说，吴奖脑里的知识含量可以与上世纪 2020 年的一台电脑媲美哩。

大家纷纷吃下聪明丸，人人头大如斗。

有了聪明丸自然就没有了学校也没有了老师。世间也变得有些疯狂。为了追一只五彩蜻蜓,5 岁的毛毛开着小飞机在半空乱窜。8 岁的元元被伟伟欺负了,用生物导弹让欺负她的伟伟身上长了一个大如脸盆的脓包,而伟伟的反击让她时时傻笑不已……

吴奖也在一次口角中差点被咒骂导弹命中而丢掉小命。后来,人们制定相应的法规制约,世界才稍有平静。

如此才高八千斗,谁也不愿意种养了,吴奖也不例外。这难不倒聪明的人们,他们发明了水气食物,即利用空气与水经化学合成生产出荤素米面等食物,只要摁一下万能食物器按钮,青菜、水果、牛肉、鱼肉……各种新鲜食物就纷至沓来。还好,在人们的一致反对下,出来是生的,还需要烹饪一下才能进食。

饱暖思淫欲,这是古老的话题。这天傍晚,正好人到中年无所事事的吴奖走在街上(自然不是两条腿在走,而是可飞可跑的步行器在走,人们已变成状如蝌蚪一样不会走路的怪物了),迎面走来一绝色美女,吴奖双眼呆滞发直,心里哀叹:只要能与此女认识,哪怕少一根手指也愿意。

谁知那女子迎上来笑盈盈说:“一根手指不要,对我没有好处,你给我一万万能币吧。”

原来是从事色情行业的。吴奖暗骂,但又感到莫名其妙,那女子如何看穿自己的意图呢?

“啪”的一声,吴奖脸上挨了火辣辣的一粉掌,那女子怒目圆睁骂道:“敢说我是干那事的?”真是匪夷所思,吴奖赶紧落荒而逃。

这一惊吓,肚子有些咕咕叫了,吴奖走进世纪大酒店。刚落座,服务生就端来自己要点的东西——一碟尿素及一罐激素饮料,没办法,老祖宗吃惯了这些东西,遗传了,隔天不吃上一顿,就浑身难受。

吴奖还是百思不得其解,服务生怎么知道自己想要什么呢?

“先生你落伍了,难道你还不知道,花两万万能币就可以动一个意念手术，就可以知道方圆百里内每个人心里所想的是什么？”服务生奚落道。

别人想什么，自己了若指掌！自己想干什么，别人更是心知肚明？！吴奖汗迸如豆，越想越可怕，赶紧跑进无所不能医院。当然，他不是动意念手术，而是让医生割掉自己的所有思想。

很快，这世界上到处都是一种活得最自在的人，即呆头呆脑的木头人。

良　心

○侯钦民

天刚蒙蒙亮，麻雀在树上有气无力地半天叫一声。我和执行局长一行五人在被执行人的家门口已经守候了一个多小时。这时，门“吱”的一声开了，闪出一个女人的身影。

“你们辛苦啦，天不亮就在俺家门口守着！”

局长：“你要是知道俺们辛苦，还不把人家的账还上？”

“哟，看你说哩，有头发谁装秃子？他已经外出一年多了，等打工挣到钱一定先把这笔钱还上！”

局长：“不就两万块钱吗？我们已经来了多少趟，你是知道的。今天你找亲戚、邻居借借，把案件结了！”

“一分钱难倒英雄汉。男人外出打工，我一个女人谁借给我钱啊？”

局长：“你不借，我可说难听的了。”

“你说啊，我听着哩！”

局长：“申请人提供信息说你丈夫昨天回来了，现在在家！”

“看你说哩，我还敢欺骗你们这些大法官？我要是欺骗你们，你们还不枪毙我啊！”

局长向我使了个眼色，我和小李及另外两位同志趁机闪进了屋里。女人大声叫起来："快来看，快来看啊！天不亮就来抢东西啦！这还有王法没有！法院的法官欺负我一个弱女子啦！"这女人边喊边往里间挤，想把里间的门给锁上。我拉住女人，让小李去了里间。小李到了里间说："愣子，天亮了，该起来了！"

这时，愣子穿着睡衣、拖鞋从里间出来，满脸怒气："几个人欺负一个弱女子算啥本事？不就是欠几个钱，值得这样兴师动众！"

愣子进厕所，洗漱，穿衣。我们耐心地等。

局长："咱先到法院里说说？"

愣子："我明白，不就是 15 天吗？"说完转身对跟在身后的、嘴里一直不干不净的女人说："你给老四打个电话，让他在拘留所门口等着我！"说完大摇大摆地上了车。

天亮了，还没有到上班时间，法院里静悄悄的。我们把愣子带到法院执行局。愣子一屁股坐在沙发上，掏出烟点上火，吐着烟圈，一脸不在乎的样子。局长示意我做笔录。

局长："说说你的基本情况。"

愣子："判决书上都写着哩！"

局长："判决书判决你偿还原告债务两万元，你今天怎么履行？"

愣子："没钱！"

局长："你可知道拒不履行法院判决的后果？"

愣子："咋？这几个钱不够判我死刑吧！"

"那好，就你这态度，就可以司法拘留你 15 天！"局长语气严厉起来："你不要以为你鞋大不挤脚！"局长停顿了一下，看看愣子没有吱声，说："没有钱，你可有一句像样的话？都像你这样，法院的工作咋开展？你还是一个男子汉哩，你在你那一片咋混人呢？你在社会上咋混人呢？"

局长的一席话，使愣子感到理亏，良心的发现使他不得不低下了头。随后,局长给原告刘阳打电话,让他八点钟到法院执行局。

刘阳和愣子是一个村的,低头不见抬头见。刘阳本来也不想起诉,因为每次去愣子家要账,愣子都不给好话,他一气之下才把愣子告上了法庭。官司是胜诉了,可是两家成了仇人。刘阳来到法院后,看到往日不可一世的愣子像霜打的茄子。

听说局长要拘留愣子,猛然间,刘阳又起了同情心。他想了一会儿,对局长说:“算啦算啦,我知道愣子这一段时间手头确实紧,再说嫂子一个人在家也不容易,给他缓缓吧!”

愣子抬起头,一脸吃惊的样子,沉默了一会儿说:“刘阳哥,我知道对不起你,都是为了面子,气头上谁也不让谁,说话难听才到了这个地步的。你仁我不能不义,我这就让家里把钱送过来!”

愣子掏出手机,接通了家里的电话……

王二愣小传

○侯钦民

俺家乡是酒乡，在俺这里人们也特别好喝、能喝。俺村有个名叫王二愣的，爱酒，且爱逞能，喝酒中所出的洋相也多。

年轻时王二愣其实不愣，就是毛手毛脚，头脑简单。王二愣真名叫王分良，因为人实在，愣头愣脑的，所以人们送他个绰号王二愣。

王二愣二十多岁时，一天，他请一酒友带着酒肉礼品伴他去相亲。未来的岳父是乡下人，姓刘，名万里，在村里也是小有名气的人物。刘万里一看未来的女婿来了，专门请了本村几个能喝的陪客。王二愣经不住让，便大大咧咧地往上席位置上一坐。

酒场开始。王二愣在街道上冲杀惯了，哪知道这几个乡下的陪酒者也非等闲之辈。没过几个回合，王二愣已昏昏然。王二愣的愣劲上来了，凭着他的酒量和他自认为所向无敌的划拳扬言横扫一圈。刘万里端菜过来，看王二愣说话有点儿打别，劝他不要喝多了。哪想王二愣不但不领情，反而胳膊一伸说："来，摸几枚！"王二愣嘴巴已经把不住了，张口便喊："哥俩，好啊……"刘万里气得哼的一声站起身出去了。第二天，女方那边捎来信说："这门亲事就此拉倒。"

后来，王二愣因和乡司法所的一位工作人员是酒友，这位酒友在调解一桩离婚纠纷时，便让王二愣捡了个"媒茬"。

王二愣爱喝闷酒。这天,酒友小王搬一件58度“王牌世家”酒拿着菜找他喝酒。开始每人打开一瓶酒对饮起来,之后又拧开二斤。每人喝完四斤后,剩下的一斤他俩提议算公共酒,二人猜着枚喝。这样,二人又喝了一斤。天色已晚,小王迈着八字步离去。王二愣送走小王身体已有些不支,看看爱人串门子还没回来,天气又热,在屋里三晃两晃倒头便睡。

爱人回来后,看看桌子上杯盘狼藉却没个人影,想着可能喝罢酒找人打牌去了,拾掇后便铺铺床睡了。朦胧中,她觉得床下有动静,仔细一听,说猪不像猪,说人不像人的声音,吓得她“嗷”的一声跳出三丈外,惊得左邻右舍纷纷跑来问咋啦。王二愣爱人指着屋里直打战:“床、床、床下有鬼!”这一喊,几个小青年手里拿着长杆短棍地围住了堂屋。几个胆大的到屋里拿着手电向床下照去,一看有个人在里边,一青年拿棍照着屁股就是一家伙,只听“哎哟”一声。一青年耳尖,说:“这不是愣子哥吗!”众人七手八脚把人拉出来一看,果然是王二愣。

他爱人一听,跑进屋捡起地上的高跟鞋照王二愣的头就是一家伙,幸亏被一青年挡住。这时王二愣醉意未消,茫然地看着满屋子的人,揉着屁股问:“刚才谁捅我一家伙?”

不知道是哪一年了,那年乡里招聘武装部工作人员,王二愣被招了过去。不是说王二愣有什么能耐,是因为他盯得紧,又不是正式干部,又是街上的人,也没人和他争,就被聘上了。于是,他西装革履地一打扮,挺像一回事,人们都戏称他“王部长”。这里酒场天天有,乡里来客人领导都让他陪。王二愣的酒量更大了,名声也更远了。

一日,一老者到乡里点名要见武装部“王部长”。听到门卫传达后,王二愣思忖:我在外地无亲无故,这老者找我何事?他出门一看,是一白发老翁,那老者慈眉善目,腰挎一大葫芦,估计可盛四斤水之多。王二愣便迎上去,把他让进屋。落座之后,王二愣递过一杯热茶道:“老人家,请用茶!”那老者并不答话,端详着王二愣问:“你就是王部长?”

“不敢当,我是王二愣!”

那老者双手抱拳说话了:“久闻大名,今徒步百里前来相会。”

“老人家有何见教?”王二愣忙双手还礼。

老者说:“老朽家住柘城县北二十里小吕庄,自幼嗜酒,曾以酒场无敌手而名闻乡里,得知王部长猜枚喝酒天下无敌,且贵县人杰地灵,自老子李耳之后百代以来,仙乡酒杰数不胜数,故前来拜会。”说话间,已摘下腰间葫芦。王二愣暗自好笑,没想到我这喝酒还真喝出名声来了,忙拦住话题说道:“老人家过奖了,鄙人酒乡之人,虽饭前爱喝点‘拐弯水’,却也不像传说的那样海量,今天能得领教老人家,也算是三生有幸了。”

王二愣从套间搬出一件低度“王牌世家”,拿出一瓶,一倒一翻,在大腿上一顿,“啪!”瓶盖飞向房顶,然后又打开一瓶递给老者说:“老人家,今日茶少,咱就凑合着先用这酒解解渴吧。”那老者表面虽不示弱,心里已吃惊不小。

时近中午,二人已喝了六斤,王二愣仍在劝:“老人家,这才十一点半,菜马上上来!”这时老者已觉头晕,心想:这王部长一点醉意都没有,不愧是豫东酒王,不如趁早抽身!

那老者站起身,双手抱拳道:“王部长,百闻不如一见,今天我算开眼界了。好酒量,佩服!佩服!”言毕,拎起酒葫芦走出门去,任凭王二愣怎样挽留,头也不扭,径直走去。于是,在豫皖交界处,王二愣以酒代茶敬客人的故事便流传开来。

后来,王二愣不知道哪辈子烧了好香,人们几辈子没遇上的好事让他遇上了——上边批了转正指标,王二愣转为正式国家干部。

等你拿钱来还我

○彭永强

“这墙还是邻村的徐泥匠给砌的呢……”娘时常会念叨这句话。

听娘说这句话的时候，我都会记起徐泥匠的模样。他中等身材，脸上有些许皱纹。徐泥匠不爱说话，干起活来却一板一眼的，砌出的墙也坦荡如砥，尽管用的是泥，却从来不因风吹日晒而有裂痕。

徐泥匠在我家干活已经过去了十多年了，但我仍然记得他第一次到我家那天。他在墙坯附近转了转，接过我递过去的水，喝了一口，说：“你们放心，如果我干的活儿恁不满意，恁不用付钱！”

五年之前，我家翻新了房屋，徐泥匠砌的墙被推倒，垫进了新房根脚里。

娘却时常念叨以前那堵墙，屡屡说：“咱家以前那房子的墙，还是徐泥匠给砌的……”

再说这话的时候，我听说徐泥匠已经领着儿子去了宁夏，在那里领了一班人，在做一些建筑、装修之类的小活儿。

在娘的念叨声中，我一步步考上初中，考上高中，后来，又念了大学。

俗话说：“穷人家的孩子早当家。”从中学到大学，我一路勤奋，一路拼搏，靠着节俭与汗水终于闯进了大学校园。大学毕业后，我又非常务实地找到了一份工作。

工作了三个月，恰好赶到国庆长假，我带着五千块钱回了家。

我把这一叠钱放在爹娘面前："爹，娘，你们供我上学辛苦了一辈子，这点钱，你们先拿着，买点吃的穿的吧……"

爹满面喜色，娘眼含热泪。

过了一会儿，娘恍然大悟似的，说："孩儿啊，听说两天前徐泥匠回来了，你拿一千块钱去还他吧……"

我万分诧异："徐泥匠都外出五六年了，咱什么时候问他借过钱啊?"

听我这么问，娘的脸上现出了几丝羞赧，说："孩子，还记得十几年前徐泥匠给咱家砌墙吧，本来说好了是五十块钱的工钱，可是正好赶上你要交学费，娘实在借不到钱了，就想了个坏法儿，硬说他墙抹得不平，想扣他十块钱的工钱……"顿了一会儿，娘接着说，"可那徐泥匠是个硬性子，走的时候甩下一句话：'大妹子，你要觉得活儿干得不好，就不用给钱；要是觉得活儿还不错，等有钱你再给吧。'"

说到这里，娘脸上已有些泪花："孩啊，那时家里确实穷，你又不能不上学，娘这辈子就做了这一件昧良心的事儿……"

拿着一千块钱，我来到了徐泥匠家。他家也早已焕然一新，两层小楼亭亭玉立，明窗净几。

看到我来，徐泥匠有些惊诧，又有些欣喜，连忙招呼我进屋去坐。

我把一千块钱交到徐泥匠手上："徐大伯，真是对不住您，您看，您给我们砌墙都十几年了，这会儿才把工钱给您！我连本带利都给您拿来了……"

见我如此说，徐泥匠一把抓住我的手，说："孩啊，我一直等恁来还钱啊！我知道，你们肯定会来的，你们要是不来，我心里还真是放不下，那一定是因为我活儿干得不好……"

然而，徐泥匠最终只收下五十块钱，他说："咱也不差这五十块钱，咱收这钱，图的就是大伙觉得我这活干得还不赖……"

听了这话，我心头一阵战栗，接着，是一股持久的静谧。

恶霸一样的好人

○彭永强

五奎是个恶霸。

刚开始爷爷说过这样的话。爷爷说这样的话是有原因的。爷爷和五奎一起做了一笔生意,两人一共挣了八千块钱,按照事先约定,爷爷应该分到四千块钱。可是,爷爷去五奎家拿钱的时候,五奎说钱在路上被劫匪抢了。

爷爷说:“钱是不是被抢跟我没关,我的四千块钱你得给我!”

五奎说:“我现在没钱,只能欠着,要钱没有,要命一条……”

爷爷愤懑地骂道:“恶霸!”

于是,五奎恶霸的名声在远近村子里传播开来。因为大家都知道,五奎的钱分文没丢,他是十里八村有名的武人,一个人打倒七八个壮汉不在话下。

四年之后,爷爷去世了。

因为办丧事需要用钱,爹爹一向是个讲排场比阔气的人,花起钱来找不到方向。他来到五奎家,说:“五哥,你把欠我家的钱还我们吧! 你叔老了,办事需要用钱……”

五奎眼皮动了动,说:“没钱。”

爹啐了一口唾沫:“恶霸!”

五奎气坏了，瞪大眼睛追了上来，爹见形势不妙，飞快地跑回了家。

后来，爹因为赌博被抓进了派出所，娘拖着病恹恹的身子到处张罗着借钱，实在筹不够了，才心惊胆战地找到五奎，央求着说："五哥，你看孩子他爸出事儿了，你能不能把欠我家的钱还我们……"

五奎一脸冷漠，说："那种人，就应该让他受受苦，别拿钱赎他！别说我没钱，就是有钱，也不会还你们！"

娘无声地退了回来，她在心底骂了无数遍的"恶霸""畜生"。

那年我也十五岁了，既痛恨五奎伯的无耻，更痛恨爹的不争气。我对娘说："娘，咱不借钱了，关仨月就关仨月吧！"

仨月之后，爹终于从拘留所出来了，他瘦了一圈。

爹得知他被拘留，五奎不光不还钱还说风凉话时简直气炸了，他大跳大骂着到五奎家挑衅。五奎不客气地一推，把爹爹推出几米远，幸亏双方都被淳朴的村民们拉住……

三年之后，我考上了大学，爹娘高兴坏了。爹拉着我，到爷爷的墓地去上坟，他一边烧着纸钱，一边乐滋滋地说："爹，你孙子考上大学了，我是没啥出息，不过我养了个儿子出息了……"

爹娘高兴之后，接着就开始发愁了。这些年，爹本来就没挣到多少钱，再加上花钱大手大脚，还偶尔去赌钱，娘根本管不住他，家里根本没攒下什么钱，连我读高中的学费，也是七拼八凑借来的。

就在我们一家人愁眉不展之际，五奎伯竟然主动找上门来。

那晚，五奎伯推开我家的门，爹娘看见五奎进来，都非常意外。五奎伯径直走到我身边，将一个存折递给我，说："孩子，这是你的钱，你爷十年之前为你存下的，你家的情况你自己也知道，你爷爷就留了一手……"

我接过五奎伯递过来的存折，因为是十年之前的定期存款，连本带利,存折上的金额已经超过了一万元,而存折的户名,赫然写着我的名字……

一时间,我热泪盈眶,这下,我的学费基本上就解决了。

这时,五奎伯转向我的爹妈,说:“兄弟,弟妹,知道为什么我不还你们钱吗?因为我压根就不欠你们!这存折,是叔嘱咐我,让我代他孙子保存的!你们说我不还钱,说我是恶霸,我又有什么办法……”

爹颤巍巍地站起身来,一把抓住五奎的手:“五哥,你……你不是恶霸,你是天下最好最好的好人!”

爷爷的心愿

○罗燕柳

爷爷得了绝症，在医院里治疗了几天后，医生对我父亲说，弄回家去准备后事吧。

回到家，爷爷不吃也不喝，嘴里整天咿咿呀呀的，谁也听不明白他在说什么。

家里人明白，他肯定是有什么心愿要交代。

然而，是什么心愿呢？

子孙们该到的都到了，他终寿时所要的香纸爆竹也都准备好了，他和奶奶的寿材也是他自己早就准备好了的，坟地也早已有过交代。难道他是有些钱放在了什么地方？或者还藏有些老货？不可能呀，爷爷一向忠厚老实，老实得近乎于木讷，家里的经济大权一向是由我父亲掌管的，要说爷爷会藏钱，说出去谁也不会相信。再说，我们家世代贫农，不要说是藏老货，就是见都可能没有见过的。

我父亲把能够想到的、可能是爷爷心愿的地方一一向爷爷问了，结果一一被爷爷否认了。

所以，一家人急得直打转。

正在上大学的小叔把奶奶叫到一边，说，妈，听说爹年轻时有过一个相好，爹是不是想见上她一面呢？或者，爹身边是不是有那相好的什么信物要作交代？

一听小叔这样问，奶奶的脸色就倏地变了，并呼呼地喘着粗气。

小叔说，妈，如果爹真是这样想的，你就由了他吧，他都这样了。

再呼呼地喘了一阵气，奶奶才说，他身边是藏着那相好的一样东西。

奶奶说着，移动小脚回到房里，问爷爷，老头子啊，你是不是想见那春妮一面啊？

爷爷停住咿呀声，眼里冲奶奶流出了泪水。良久，他又摇摇头。

奶奶默默地在房里东翻西翻起来，翻了好一阵，找出一把钥匙，打开一只小箱子，从里面翻出一枚戒指，丢在小叔的手里。

小叔举着戒指问爷爷，爹，你是不是想把它还给人家？

爷爷仍然是边冲着奶奶流眼泪，边摇头否认。

小叔又问，你是不是想把它给谁？

爷爷仍然是摇头，而且很猛烈。

再问，爷爷依然是摇头。

一家人又只好是干着急。

这时，村委会的一个干部来了，并拿来了一袋东西，说我来看看叔。说着，他走到床前，弯下腰去，很关切地问，叔，你好些了吗？

谁知，爷爷却把头扭向了一边。

那干部就直起身子，把我父亲叫到房门外，塞给他一把东西之后，又低声交代了好一阵。然后说了声多多帮忙啊，就走了。

父亲回到爷爷的房里，小叔问，什么事啊？

选举。父亲把手里的东西递给小叔，给送来了选民证，叫我过几天写选票时……

正说到这里，床上的爷爷又咿咿呀呀地嚷开了，目光直盯着小叔的手里不放，同时，身子似乎也在用力。

小叔扯扯我父亲，说，哥，爹是不是想说选举的事啊？

选举关他什么事啊？我父亲好笑着，却又走近爷爷，问，爹，你是想说选举的事？

爷爷努力地做着动作，似乎是在点头。

我父亲仍然好笑着，说你操这个心做什么？我们家的选票哪年不是我亲自填的？你就放心吧。

爷爷却表现得很不放心，又咿呀起来。

小叔也近前去，扬着选民证说，爹，你就放心吧。

爷爷咿呀得更厉害，并凸着双眼紧盯着小叔扬着的手。

小叔怔了一下，疑惑地看了一眼手里的选民证，问，爹，你是想要这选民证？

爷爷突地不作声了，又努力地一个劲儿地做着点头的动作。

随着爷爷的这一阵动作，我们一家人都疑惑不解了，一个快要死的人了，要这选民证做什么？难道这就是他连日来想要表达的心愿？不是，应该不是。

好吧，爹，我们把你的选民证让你带去。小叔说着，又问，爹，你还有别的要交代吗？

爷爷摇摇头，脸上现出欣慰的神色。

不一会儿，爷爷的双眼慢慢地闭上了。